むらさきのスカートの女

今村夏子

朝日文庫

本書は二〇一九年六月、小社より刊行されたものです。
収録したエッセイの初出一覧は巻末にまとめています。

目次

むらさきのスカートの女

うちの近所に「むらさきのスカートの女」と呼ばれている人がいる。いつもむらさき色のスカートを穿いているのでそう呼ばれているのだ。

わたしは最初、むらさきのスカートの女のことを若い女の子だと思っていた。小柄な体型と肩まで垂れ下がった黒髪のせいかもしれない。遠くからだと中学生くらいに見えなくもない。でも、近くでよく見てみると、決して若くはないことがわかる。頬のあたりにシミがぽつぽつと浮き出ているし、肩まで伸びた黒髪はツヤがなくてパサパサしている。むらさきのスカートの女は、一週間に一度くらいの割合で、商店街のパン屋にクリームパンを買いに行く。わたしはいつも、パンを選ぶふりをしてむらさきのスカートの女の容姿を観察している。観察するたびに誰かに似ているなと思う。誰だろう。

うちの近所の公園には、「むらさきのスカートの女専用シート」と名付けられたベンチまである。南側に三つ並んでいるうちの、一番奥のベンチがそれだ。

ある日のむらさきのスカートの女はパン屋でクリームパンを一個買い、商店街を抜けて公園へと歩いて行った。時刻は午後三時を回ったばかり。公園に植えられたアラカシの葉が「むらさきのスカートの女専用シート」に木陰を作っていた。むらさきのスカートの女はシートの真ん中に腰を下ろし、買ったばかりのパンを食べた。なかのクリームがこぼれ落ちないように、左手を受け皿のようにして食べていた。アーモンドの飾りが付いた部分は少しの間眺めてから口に入れ、最後のひと口は名残惜しそうに、特に時間をかけて噛んでいた。

その姿を見ていて思った。むらさきのスカートの女はわたしの姉に似ている気がする。もちろんまったくの別人だということはわかっている。顔が全然違うから。姉も、むらさきのスカートの女みたいに最後のひと口に時間をかけるタイプだったのだ。妹のわたしに口喧嘩で負けるようなおとなしい姉だったが、食べものに対する執着だけは人一倍強かった。一番好きな食べものはプリンで、容器の底に残ったカラメルをスプーンですくい取り、それを十分でも二十分でも、飽きることなく眺めていた。食べないならちょうだい、と、わたしが横からパクッと食べてしまった日には、家中が引っくり返るほどの大喧嘩へと発展したものだ。あの時、姉に引っかかれてできた傷跡は、今もわたしの左の二の腕に残っている。おそらく姉の右手の親指にも、あの時わたしが噛みついてできた歯形の跡が残っているはずだ。親の離婚をきっかけに一家が離れ離れになって二十年。姉は今頃どこで何をしているのだろう。一番好きな食べものはプリンだとわたしは思っているが、それも今は変わっているかもしれない。

むらさきのスカートの女がわたしの姉に似ている気がするということは、むらさきのスカートの女は、妹のわたしにも似ているということになるだろうか。ならないか。共通点なら、無いこともないのだ。あちらが「むらさきのスカートの女」なら、こちらはさしずめ「黄色いカーディガンの女」といったところだ。

残念ながら「黄色いカーディガンの女」は、「むらさきのスカートの女」と違って、その存在を知られてはいない。「黄色いカーディガンの女」が商店街を歩いたところで、誰も気にも留めないが、これが「むらさきのスカートの女」となると、そうはいかない。

例えば、アーケードの向こう側からむらさきのスカートの女の姿が見えただけで、人々の反応はわかりやすく四つに分かれる。一、知らんふりをする者。二、サッと道を空ける者。三、良いことあるかも、とガッツポーズする者。四、反対に嘆き悲しむ者（むらさきのスカートの女を一日に二回見ると良いことがあり、三回見ると不幸になるというジンクスがある）。

むらさきのスカートの女がすごいと思うのは、周りの人間がどんな反応を示そうと、決して自分の歩みのペースを変えないことだ。一定の速度で、スイスイスイと人混みをすり抜けて行く。不思議なことに、週末のどんなに人通りの多い時間帯でも、決して物や人にぶつからないのだ。あれはよほど優れた運動神経の持ち主か、もしくはおでこにもう一つ目が付いているかのどちらかだと思う。周りに気づかれないよう前髪で隠してはいるが、じつは第三の目でぐるり三百六十度を見渡せているに違いない。いずれにせよ、黄色いカーディガンの女には真似のできない芸当だ。

あまりにも見事によけて歩くので、こちらからわざとぶつかりに行ってみる、なんていうおかしな人間が出てくるのもわかる気がする。じつはわたしが、そのおかしな人間のうちの一人だったりする。みんなが失敗しているように、わたしも失敗した。

あれは今年の春先だったか、普通に歩いていると見せかけて、数メートルほど手前から突如スピードを上げ、むらさきのスカートの女めがけて突っ込んだのだ。

馬鹿なことをしたと今はそう思う。すんでのところで、むらさきのスカートの女はするりんと身をかわし、わたしは勢いあまって肉屋のショーケースに体ごと激突、幸いにもわたしは無傷で済んだが、店側から多額の修理代金を請求されるはめになったのだから。

あれから半年以上が経過して、つい最近、ようやくあの時の修理代を払い終わった。ここに至るまで容易なことではなかった。月に一度、売れそうなものを探してきては小学校のバザーに潜り込み、小銭稼ぎみたいなことまでやったのだ。何をやっているんだか、と、始めた当初は毎回そう思っていた。もう二度と馬鹿な真似はしない。そもそも、むらさきのスカートの女にぶつかりに行って成功した者は、過去に一人もいないと言われているのだ。おでこに第三の目が付いていないのだとしたら、彼女はやはり運動神経抜群に違いない。むらさきのスカートの女と「運動」の二文字が、どうも似合わない気がするが。そういう目で見てみれば、人混みをすり抜ける時の軽やかな身のこなしは、氷の上を自在に滑るフィギュアスケートの選手に通じるものがある。

一昨年の冬季オリンピックで銅メダルを獲った女の子に、そういえば雰囲気が似ている気がする。青い衣装の、おばちゃんみたいな喋り方をする子だ。引退してからはタレントに転身し、去年、子供番組の司会に抜擢《ばってき》された。最近では「子供の好きなタレントランキング」第一位を獲得した、あの女の子。あの子と比べると、むらさきのスカートの女のほうがずっと年上ではあるが、知名度は（うちの近所に限って言えば）、同じくらい高い。

そう、むらさきのスカートの女は、大人だけでなく、子供たちにもその存在を知られているのだ。商店街には時々テレビの取材が来ているが、インタビューをする人は「今晩のおかずは何ですか?」とか「野菜が値上がりしましたね」とか、主婦にばかりマイクを向けるのではなく、たまには老人や子供に向けて、こんな質問もしてほしい。

『あなたはむらさきのスカートの女を知っていますか?』

ほぼ全員が、「知ってる!」と答えるはずだ。

近頃、子供たちの間で流行《はや》っている遊びに、こんなのがある。ジャンケンをして負けた人間がむらさきのスカートの女にタッチする、という遊びだ。単純なルールだが、これが結構盛り上がるのだ。遊び場所は近所の公園。専用シートに腰かけているむらさきのスカートの女に、ジャンケンに負けた子供が、そうっと近づいて行き、ポン！と肩にタッチする。ただそれだけ。タッチしたあと、子供は笑いながら走って逃げる。それを何度も繰り返す。

この遊び、元々はタッチじゃなくて、むらさきのスカートの女に向かって一声かけるというルールだった。ジャンケンをして負けた人間が、専用シートに座っているむらさきのスカートの女のところまでトコトコ歩いて行って、「こんにちは」とか「どうも」とか、ただ言葉をかけるだけだった。それでじゅうぶん盛り上がっていた。子供たちはむらさきのスカートの女に向かって何か一言発すると、キャッキャッと笑いながら逃げて行った。

ルールが改正されたのは割と最近のことだ。改正の理由は「飽きたから」だ。声をかけるほうも、かけられるほうも。元気？　とか、良い天気ですね、とか、子供たちの口から出てくる言葉はちっとも代わり映えしなかった。ひねり出したところで、ハーワーユー？　とか、退屈なものばかり。この遊びが始まった当初、常に下を向き、身じろぎ一つしなかったむらさきのスカートの女にも、次第にあくびをしたり、爪をいじったりといった余計な動作が目立つようになっていった。けだるげにセーターの毛玉を取る姿なんかは、傍《はた》から見るとワンパターンな子供たちを挑発しているようにも見えた。

マンネリを打破する為に、子供たちが輪になりおでこを突き合わせて考え出したこの新ルールは、すでに定番になりつつあるが、今のところまだ飽きたという声は上がっていない。ジャンケンポンのかけ声にも力が入る。勝った子は飛び上がって喜ぶし、負けた子は悲鳴を上げる。子供たちがジャンケンをしている間、むらさきのスカートの女はじっと専用シートに腰かけている。両手を膝に置き、下を向いているところを見ると、まだ新しいルールに慣れていないのかもしれない。肩をポン！と叩かれる瞬間、いつもどんな気持ちがするのだろう。

むらさきのスカートの女はわたしの姉に似ていると思ったが、やっぱり違う。元フィギュアスケート選手のタレントにも似ていない。むらさきのスカートの女は、わたしの小学校時代の友達、めいちゃんに似ている。長い髪を三つ編みにして、赤いゴムでくくっていた女の子だ。めいちゃんのお父さんは中国人だった。小学校の卒業式を間近に控えたある日、めいちゃん一家はお父さんの故郷である上海へと帰って行った。むらさきのスカートの女がベンチに腰かけじっとしている姿は、めいちゃんが水泳の授業を見学している姿に似ているのだ。わたしたちの泳ぐ姿を見るでもなく、背を丸めて自分の爪をいじってばかりいためいちゃん。ひょっとして、むらさきのスカートの女は、めいちゃん？　中国に帰ってからは疎遠になっていたが、まさか日本に戻って来ていた？　わざわざ、わたしに会うために？

そんなわけない。めいちゃんは友達だが、べつにそこまで仲良くなかった。一緒に遊んだのも一、二回程度だ。ただ、めいちゃんは優しかった。わたしの描いた犬の絵を褒めてくれた。「しっぽが、上手」。そんな風に言われて、わたしは子供ながらに恐縮した。めいちゃんのほうこそ絵がうまいのだ。将来は画家になりたいと言っていた。そしてなった。黄春梅《フウアンチユンメイ》。日本育ちの中国人画家。三年前の夏に来日して個展を開いた。わたしは新聞の記事でそのことを知った。三つ編みの女の子じゃなくなっていたが、自作の絵画の前で微笑《ほほえ》む女性は確かにめいちゃんだった。そうそう、昔からくっきりとした二重まぶたで、鼻の下の溝にほくろがあった。

むらさきのスカートの女のまぶたは一重だ。シミはあってもほくろは無い。

まぶたの形状だけで言うなら、むらさきのスカートの女はわたしの中学時代の同級生、有島さんに似ていなくもない。性格は全然違うと思うが、一重まぶたと言えば有島さんだ。有島さんは恐かった。金髪、万引き、恐喝、暴力。いつも刀みたいなナイフを持ち歩いていた。彼女はわたしが今まで出会った人間のなかで一番の危険人物と言える。親も教師も警察さえも手を焼いていた。そんな彼女がわたしに一度だけガムをくれたことは謎だ。梅ガムだった。後ろから背中を突《つっ》かれ、いる？と一枚差し出されたので受け取った。その時初めて正面から有島さんの目を見た。下がり眉毛の、一重まぶた。一瞬、それが有島さんだとわからなかった。ありがとうと言えば良かったのに、言わなかった。毒が入っていると思ったから、学校帰りに酒屋の前のゴミ箱に捨てた。

毒なんか入っていない。食べたら良かった。そして翌日にはお返しにキャンディーでもあげたら良かった。後悔しても遅い。中学を卒業した有島さんはヤクザとつき合いだした。噂では売春あっせん業や覚せい剤の密売に手を染め、本人も行きつくところまで行ったらしい。きっと今頃刑務所のなかだ。死刑になっているかも。ということは、むらさきのスカートの女は有島さんではない。

そういえば、ワイドショーのコメンテーターにもむらさきのスカートの女に似ている人がいる。本業はオバケのギャグ漫画を描いている人だ。最近は絵本も描いていて、漫画より絵本のほうが評判が良いと、前に自分で言っていた。たしか旦那さんも漫画家の、あの人は何という名前だったっけ。

違う。思い出した。今度こそわかった。むらさきのスカートの女は前に住んでいた町のスーパーのレジの女の人に似ているんだった。わたしがすごくしんどかった時、ふらつきながらおつりを受け取ったら、「大丈夫？」といきなり声をかけてきた人。次の日行ったら今度は「まいど」と言った人。おかげでその次の日からは行けなくなった。

つい最近、隣町の図書館に行ったついでに懐かしのスーパーをこっそり外から覗《のぞ》いてみた。相変わらずその人はレジに立っていた。制服のバッジが一個増えていて、とても元気そうだった。

つまり、何が言いたいのかというと、わたしはもうずいぶん長いこと、むらさきのスカートの女と友達になりたいと思っている。

ちなみに、むらさきのスカートの女の家ならとっくの昔に調査済みだ。公園からほど近いところにあるボロアパート。もちろん商店街からも近い。屋根の一部はビニールシートに覆われていて、外階段の手すりは錆《さ》びて茶色くなっている。むらさきのスカートの女は手すりには手をかけず、いつも這うようにして階段を上って行く。一番奥の部屋。二〇一号室。

この部屋から、むらさきのスカートの女は仕事に出ている。商店街の人たちは、むらさきのスカートの女のことを無職だと思っているのではないだろうか。じつを言えば、わたしもそう思っていた。あれは絶対無職だと。実際は違うのだ。むらさきのスカートの女は働いている。でないとパンを買えないし、アパートの家賃だって払えない。

ただし年中働いているわけではない。むらさきのスカートの女は時期によって働いたり働かなかったりする。勤め先もコロコロ変わる。ネジ工場だったり、歯ブラシ工場だったり、目薬の容器工場だったり。どれも日雇いか期間工だろうと思われる。働かない日が長く続いたと思えば何カ月もまとまって働くこともある。どんな感じかこれまでのメモで振り返ってみると、去年の九月は働いている。十月は働いていない。

十一月は前半だけ働いている。十二月も前半だけ働いている。新年は十日から働きだした。二月、働いた。三月、働いた。四月、働いていない。五月はゴールデンウィーク以外働いている。六月、働いた。七月も働いた。八月は後半だけ働いた。九月は働いていない。十月、働いたり働かなかったり。そして十一月現在、たぶん働いていない。

むらさきのスカートの女が働く時は、朝から夕方までのフルタイム勤務と決まっている。働いた日は見るからに顔が疲れ切っていて、どこにも寄り道せずにまっすぐ帰宅することになる。たまの休日も一切おもてに出てこない。

今は、朝夕問わず、公園や商店街でしょっちゅう見かける。常に観察しているわけではないのだが、わたしの見ている限り、むらさきのスカートの女は元気だ。元気、イコール働いていない証拠と言える。

むらさきのスカートの女と友達になりたい。でもどうやって？

それを考えるだけでどんどん時間が過ぎていく。

いきなり声をかけるのは変だ。おそらくむらさきのスカートの女は今まで一度も「友達になりませんか」なんて声をかけられた経験が無いだろう。わたしだって無い。ほとんどの人はそんな経験が無いのではないか。そんな出会い方は不自然だ。ナンパじゃないんだから。

ではどうするか。わたしとしては、まずはちゃんと自己紹介をしたいと思う。それも不自然でない方法で。同じ学校に通う者同士なら、あるいは同じ職場に勤める者同士なら、それが可能だと思うのだ。


いつもの公園。南側に三つ並んだベンチのうちの、一番出入り口に近いところにあるベンチに、わたしは腰かけている。顔の前で広げているのは昨日の新聞だ。先ほどゴミ箱から拾ってきた。

わたしの座っているベンチの、隣の隣のベンチが、むらさきのスカートの女専用シートだ。シートの上にはコンビニでもらえる無料の求人情報誌が置いてある。むらさきのスカートの女はつい十分ほど前に商店街のパン屋でパンを買った。これまでの行動パターンからすると、パンを買った日は例外なくここへ立ち寄ることになっている。

新聞の人生相談コーナー〈三十代男性・結婚二年目、セックスレスの妻と離婚をすべきか悩んでいます。……〉を読み終えたところで、早速、それらしい足音が近づいてきた。

思ったより早かったな、と、新聞の陰から少しだけ顔を覗かせると、やって来たのはスーツ姿の男だった。むらさきのスカートの女ではなかった。よく聞いてみると、足音は全然似ていなかった。疲れているのか、男はずるずると足を引きずりながらわたしの前を通り過ぎ、一番奥のベンチへ腰を下ろした。

外回り中のサラリーマンだろうか。手には黒のビジネスバッグを持っている。商店街の店舗をひと通り回り、何も成果が得られないままこの公園でひと休み、といったところか。この公園にベンチは全部で五つ（南側に三つ、北側に二つ）あるのだが、ベンチの選び方一つでこの町が初めてかどうかわかるというものだ。お疲れのところ申し訳ないが、どいてもらう。

事情を説明しに行くと、男は一瞬険しい目つきでわたしの顔を下から睨《にら》みつけた。でも専用は専用、決まりは決まりなのだから従ってもらうしかない。

何度も同じ説明を繰り返したら、ようやくわかってくれたのか、悪態をつきながらではあるが、男はシートから立ち上がった。と、ちょうどその時、公園に入って来る人影が見えた。今度こそ来た。わたしは大急ぎで自分のベンチに駆け戻り、顔の前で新聞紙を広げた。

むらさきのスカートの女は右手にパンの袋だけを提げていた。たった今空いたばかりの専用シートに腰を下ろすと、袋のなかから買ったばかりのパンを取り出した。いつものクリームパンだ。テレビの取材でも、よく取り上げられている。パン屋の袋をぶら提げている人を呼び止めて、「何を買われたんですか?」とインタビュアーがマイクを向けて質問するのだ。天然酵母食パンと、クリームパンの人気が高い。もし、わたしが訊かれたら、やはりクリームパンと答えることになるだろう。特徴はちょっと固めのカスタードクリームと、薄いパン生地。上には焦げたスライスアーモンドがたっぷり載っている。アーモンドの部分は口に入れるとぱりぱりと良い音がする。

ぱりぱりぱりぱりぱり。むらさきのスカートの女のスカートの上に、アーモンドのかけらがこぼれ落ちた。左手を受け皿のようにしているのに、指の隙間《すきま》からぱらぱらとこぼれ落ちていく。むらさきのスカートの女は気がつかない。パンを食べている時はいつも空の一点を見つめている。集中している証拠だ。食べ終えるまでは何も見えない、聞こえない。もぐもぐ、ぱりぱり。おいしい、おいしい。

食べ終えて、パンの袋を丸めたところで、ようやくシートのすみに置いてある求人情報誌に目を留めた。むらさきのスカートの女はそれをおもむろに拾い上げると、ページをぱらぱらとめくり始めた。最後までめくるとまた初めに戻って、今度は少しゆっくりめくった。今号の特集は「チームワーク抜群の職場」だ。前半に大きくページを割いてあるのだが、そこは飛ばして構わない。特集のあとに始まる飲食やアパレルのページもどんどん飛ばして。青、赤、黄、緑。ページのはしは職種によって色分けしてある。一番後ろの「ナイト」はピンクだ。なぜかピンクのページを眺める時間が長い。そこじゃなくて、一個手前を見てほしい。緑のページだ。「宅配便の仕分け作業」の右隣にある小さな枠だ。蛍光マーカーで丸してあるからすぐわかるはず。

……わかったんだろうか。むらさきのスカートの女は求人情報誌を閉じると、それを丸めてゴミ箱のほうまで歩いて行った。まさか捨てるのかと思ったら、反対の手に持ち替えて、パンの袋だけを捨てて公園から出て行った。

むらさきのスカートの女が出て行ってしばらくすると、今日の授業を終えた子供たちがやって来た。

あれー？　いないねー、と言いながら園内をキョロキョロ見回して、しばしの間、何もせずにその場に突っ立っていた。黄色いカーディガンの女では、彼らのお役には立てないらしい、そのうちいつもより元気の無い声でジャンケンを始め、この日は自分たちだけでタカオニをして遊んでいた。

翌日、むらさきのスカートの女が面接に出向いたのは石けん工場だった。

むらさきのスカートの女はわかっていなかった。

今までのパターンからすると、もし面接に受かったら職場とアパートを往復するだけの毎日が始まるだろう。もし落ちたなら、何日経っても変わらず近所をウロウロしているはずだ。

一週間経っても二週間経っても、むらさきのスカートの女はウロウロしていた。落ちたのだ。

数日後、むらさきのスカートの女はまた面接を受けに行った。今度は肉まん工場だった。やっぱり全然わかっていない。食品関係の面接は爪や髪の毛を見られるに決まっているのに。髪はパサパサのボサボサ、爪は真っ黒の女が受かるわけがない、きっと落ちるだろうと思っていたら、やっぱり落ちた。

肉まん工場と同じ日に、別の会社の面接も受けていた。夜勤専門の棚卸作業。どうしてそこにいくかなあ、と首をひねらずにはいられない。夜勤の現場は男の比率が多いと、どうしてわからないのだろう。これはわたしの勝手な憶測に過ぎないが、むらさきのスカートの女は男嫌いではないかと思うのだ。女が好きとかいう意味じゃなく。男に囲まれて働くのは、さぞしんどいだろうと思っていたら、心配に及ばず、ここも落ちた。

そうこうしているうちに、むらさきのスカートの女の無職期間が、ついに新記録を更新した。その期間丸二カ月。あくまでわたしが記録をつけ始めて以来、ということだが。さすがに貯金も底を突く頃だろう。家賃や光熱費の支払いはちゃんとできているのだろうか。大家さんから督促状を突き付けられたり、訴訟を起こすと脅されたり、連帯保証人不要の物件なのに今頃になって連帯保証人を立てろ、などとそんな滅茶苦茶なことを言われたりはしていないだろうか。そこまで追い詰められるようになったら、もはや手遅れなのだが。あとは開き直るしかない。最近になって家賃を工面することをすっぱり諦めたわたしのように。

それもこれも、肉屋のショーケースに激突したせいだ。

ショーケースの修理代を捻出する一方で、今度は月々の家賃の支払いが滞るという事態に陥ったのだ。バザーでの小銭稼ぎは細々と続けてはいるものの、その収入は微々たるものだ。わたしの金銭事情では、家賃と修理代の両方を支払うことなど、はなから不可能だったのだ。

支払いはすっぱり諦めたわけだが、支払い請求の手から逃れる手段なら日々模索中だ。大家さんや裁判所の人がいつアパートに押しかけてきても良いように、今のうちから貴重品の類だけは駅のコインロッカーに移しておくことを検討している。緊急避難先として利用するカプセルホテルや漫画喫茶の目星も付けてあるし、当面の潜伏先として良さそうな安宿も、県内外合わせて十軒見つけた。いざとなったら、むらさきのスカートの女にも紹介してあげられるのだが、現段階では、まだ、その必要はなさそうだ。

むらさきのスカートの女の部屋の玄関扉には、脅し文句が書かれた紙を貼られたような跡は無い。大家さんらしき人物が部屋の前で張り込む姿も、見かけていない。夜にはちゃんと部屋の明かりがつくし、ガスメーターも作動している。家賃や光熱費の支払いに関しては、差し当たり何の問題も無いようだ。

だが電話は止められたらしい。ある時から、むらさきのスカートの女は面接の電話をかける際にコンビニの前に設置された公衆電話を利用するようになっていた。

むらさきのスカートの女は、いつも電話を利用するだけで、店内には入らない。求人情報誌が新しく発行されるたびにコンビニの雑誌コーナーまで取りに行き、それを専用シートに置くのはわたしの役目だ。

合併号でない限り、求人情報誌は毎週一回発行される。表紙が新しくなれば募集内容も一新されているかといえば、そうでもない。年中人手不足の職場は、年中広告を出している。すべての面接に付いて行ったわけではないが、その後もむらさきのスカートの女は同時進行でいくつかの会社に面接を受けに行き、そしてことごとく不合格になった。選んだ先が電話オペレーターとか商業施設のフロア案内とか、どれも見当外れのところばかりなのだから無理もなかった。しまいには何を血迷ったか、カフェ店員の面接を受けようとする始末。普段、公園の蛇口から出る水を飲んでいる人間が、カフェとは。あらゆる面接に落ち続けるうちに、とうとう自分を見失ってしまったのだ。当然のことながら、電話口の時点で断られていた。

なんと、むらさきのスカートの女がむらさきのスカートの女を受け入れる職場へ面接申し込みの電話をかけるまで、三カ月もかかった。この間、わたしは合計十回もコンビニに求人情報誌をもらいに行った。

ここまで時間がかかったということは、わたしのやり方に問題があったのかもしれない。マーカーで丸するだけでなく、ページのはしを折ったりふせんを貼り付けたりすればこんなに時間はかからなかったのか。反省すべき点はいくつかあるが、何はともあれ、むらさきのスカートの女はやっと決断してくれた。小さく破った募集広告を握りしめ、コンビニ前の公衆電話へと向かったのは、昨日の夕方のことだった。受話器を握りしめ、緊張した面持ちでハイ、ハイ、と何度もうなずいていた。ハイ、ありません、ハイ。初めてです。

手の甲に、マジックで何かメモを書いていた。8とか3とか、数字のようなもの。8日の3時？　面接の日時か。

受話器を置いたあとも、むらさきのスカートの女の横顔は緊張したままだった。立て続けに失敗しているのだからそんな顔になるのは無理もない。結論から言うと、今度のところは大丈夫だ。絶対受かると保証する。そこは年がら年中人手不足で、基本的には来るもの拒まずの職場だから。

とはいえ、念のためシャンプーくらいはして行ったほうが良いだろう。爪も切って、あれば口紅も塗ったほうが良いと思う。それだけで第一印象が全然違ってくると思うから。いつ見てもパサパサ頭のむらさきのスカートの女だが、石けんで髪を洗っているのだろうか。昔、わたしがシャンプー工場でアルバイトをしていた時に手に入れた試供品がいまだに大量に余っているので、それで良ければ使ってほしい。

正午過ぎ。わたしは透明のビニルバッグにあるだけの試供品を詰めて、商店街のちょうど真ん中あたりに立った。テレビのインタビューが行われるのも大体このあたりだ。東西に延びる商店街と交わる形で、左右に延びた道路がそれぞれ大型スーパーやパチンコ店に通じているので、最も人が多く集まる地点でもある。たまにチラシを配る人間がいるが、試供品は滅多にない。通りすがりの買い物客は、わたしの差し出すシャンプーを喜んで受け取った。なかには一回通り過ぎて、また戻って来る人もいた。配り甲斐《がい》があるというものだが、これでは肝心のむらさきのスカートの女のぶんが無くなってしまう。明らかに二度目、三度目とわかる人には、何と言われようと渡すことを拒否した。

シャンプーの小袋が残り五つとなった時、むらさきのスカートの女が商店街に現れた。

試供品を配るわたしに気がつくと、興味あり気にビニルバッグの中身にチラチラと視線を走らせた。だが、こちらに近寄ることなく、そのまま通り過ぎようとした。追いかけて手渡そうと体の向きを変えたその瞬間、突然左腕を摑《つか》まれた。

「あんた、どこの人？　組合に許可とってる？」

わたしの腕を摑んだのは、たつみ酒店の主人だった。

たつみ酒店は商店街の店舗のなかでも一番の老舗《しにせ》だ。ここの主人は商店街振興組合の組合長でもある。普段は愛想の良い主人が、大真面目な顔で詰問してきた。

「ねえ、今、配ってたの、それ何？　ちょっと見せて」

わたしは主人の手を振りほどいた。

「あっ。こら。待ちなさい」

走ることが大の苦手なわたしだが、この時ばかりは必死で走った。走りながら、むらさきのスカートの女の背中を追い抜いた。商店街を抜けて大通りに出てからも、たつみ酒店が追って来ているような気がして、何度も後ろを振り返りながら走り続けた。何度振り返ってみたところで、たつみ酒店の姿は無かったのだが。

結局、夜になってから、むらさきのスカートの女の暮らす二〇一号室のドアノブに、試供品の入ったビニルバッグをかけに行った。最初からこうしておけば良かったのかもしれない。ドア越しに耳を澄ますと、しゃこしゃこしゃこ、と歯を磨いているような音が聞こえてきた。歯を磨くとは良いこころがけだ。その調子で今度は髪も洗ってみてほしい。

がんばれ、むらさきのスカートの女。面接、どうか受かりますように。

むらさきのスカートの女の面接結果がわかったのは、それから四日後のことだった。わたしの願いが通じたのか、フレッシュフローラルの香りのシャンプーが功を奏したのか、それともやっぱり来るもの拒まずの職場だからなのか。とにもかくにも色んな要素が合わさって、むらさきのスカートの女は無事に受かった。ここまで本当に長い道のりだった。ようやくスタートラインに立ったと言える。

初出勤の日。むらさきのスカートの女は少し早めの朝七時半頃に家を出た。わたしはバス停で待っていた。商店街の入り口近くのバス停からバスに乗り、職場からほど近いところにあるバス停で降車する。バスに揺られている時間は約四十分。むらさきのスカートの女が職場の事務所の扉をノックしたのは、八時半だった。

事務所に入ってすぐに、所長から制服一式とロッカールームの鍵を渡された。着替えてくるように言われ、むらさきのスカートの女は事務所の隣のロッカールームへと入って行った。

制服は黒のワンピースだ。丈夫で、風通しが良くて、汚れをはじきやすい（というか黒なので汚れが日立ちにくい）。ポリエステル素材だから、洗濯してもすぐに乾くところが嬉しい。静電気が起きやすいので、そこが難点と言えば難点だ。

これに昨日商店街で買った黒い靴を合わせた。同じく商店街の百円ショップで買ったストッキングは、つま先を差し入れた途端にビリッと音を立てて破れてしまった。むらさきのスカートの女はストッキングを脱ぎ捨てて、素足に靴を履いた。最後に白いエプロンを装着した。むらさきのスカートの女はエプロンの着け方を間違えた。紐《ひも》は背中でばってんにしないといけないのに。

着替えを終えたむらさきのスカートの女は再び事務所の扉をノックした。事務所には所長と数人のスタッフがいた。

所長は事務机の前に座ってパソコンの画面を眺めていた。むらさきのスカートの女が入って来ると画面から視線を外し、むらさきのスカートの女の顔を、それから脚をチラッと見た。

むらさきのスカートの女がストッキングを穿いていないことには気づかなかったのか、何も言わなかった。エプロンの着け方が間違っていることだけ指摘した。

「塚田さん、塚田さん」

ホワイトボードの前にいた塚田チーフを手招きで呼ぶと、「直してあげて」と、むらさきのスカートの女を指差した。

はいはい。塚田チーフは手にしていたネームプレートを一旦置き、むらさきのスカートの女に歩み寄った。

「今日から？」

そう言いながら、塚田チーフはむらさきのスカートの女の両肩にポンと手を置いた。この時、わたしは子供以外の人間がむらさきのスカートの女の体に触れるところを初めて見た。

「はい」と、とても小さな声で、むらさきのスカートの女が返事をした。

塚田チーフは、むらさきのスカートの女の体を、くるっと半回転させた。ちょうちょ結びの紐をほどき、腰の両側に付いたボタンを外し、乱暴とも言える手付きで背中の紐を交差させ、力いっぱいギュッと結んだ。

「ほっそいねえ！　朝ごはん食べてきた？」

塚田チーフの問いかけに、むらさきのスカートの女はこれまた小さな声で「はい」と答えた。ほんとかな。何を食べてきたのだろう。

「何食べてきたの」

と塚田チーフが訊いた。

コーンフレークです、とむらさきのスカートの女が答えた。

「コーンフレークぅ？　そんなんじゃ力が出ないよ。朝はお米を食べなくちゃ、お米。ねっ」

塚田チーフに肩を叩かれ、むらさきのスカートの女はここでも小さな声で「はい」と言った。と同時に、フフッと笑みを漏らした。

一瞬、空耳かと思ったが、確かにむらさきのスカートの女の声だった。意外なことに、むらさきのスカートの女は愛想笑いをしたのだ。

九時。朝のミーティングが始まった。この日は第一月曜日だったので、ホテル側のマネージャーがミーティングにやって来た。朝のあいさつのあと、マネージャーは「先月に引き続き、今月も備品の管理を徹底すること」と、一言だけ言って去って行った。

「業者の仕事には口を出さない」というのが、このマネージャーのポリシーだ。だから月に一度しかミーティングに顔を出さないし、スタッフの名前も覚えない。備品の管理が甘いと言い出したのもここ最近の話で、それまでは管理表に目を通すことすらしていなかった。滅多にこっちに来ないのに、いつも偉そうにふんぞり返っているので、スタッフたちからの受けは良くない。

マネージャーが一瞬で立ち去ると、今度は所長が前に出てきて、本日の客室稼働率や今月のスローガンを読み上げた。スタッフの人数が多くて事務所内に収まり切らないので、ミーティングは事務所とホテルを結ぶ廊下を占領する形で行われる。

残念ながら、わたしの立っている位置からはむらさきのスカートの女の姿が見えなかった。スタッフの人数が多いせいというよりも、所長のぽっちゃり体型が壁になっている為だった。むらさきのスカートの女は、所長の体の陰にきれいに隠れてしまっていた。

続いて所長は、昨日発生したミスを読み上げた。

「二一五号室、鏡の拭き残し。三〇八号室、ポットのお湯の入れ忘れ。五〇二号室、トイレットペーパーの三角折りし忘れ。もう何度も言ってますよね。客室を出る前に、必ず決められた動線で指差し確認すること。それだけでほとんどのミスは防げます」

みんな真面目な顔をして所長の話を聞いている。もしくは聞いているふりをしている。

「では最後に、今日からみなさんと一緒に働いてもらう方を紹介します」

ここで所長が後ろを振り返った。

「どうぞ、自己紹介して」

ようやくむらさきのスカートの女の顔が半分見えた。誰かに注意されたのか、わたしの知らない間に、むらさきのスカートの女は肩まで伸びた髪の毛を後ろで一つにくくっていた。卵形の輪郭が現れて、ずいぶんスッキリとした見た目になっていた。

「さ、自己紹介」

所長はむらさきのスカートの女に一歩前に出るよう促した。むらさきのスカートの女は言われた通りにした。だが、そこでピタッと固まってしまった。

「……あの、ほら、自己紹介だよ」

所長が困った顔をしてむらさきのスカートの女に囁《ささや》いた。

「名前、言うだけでいいから。ね、あるでしょ、名前」

それを聞いたスタッフたちがクスクス笑った。

……日野です……。

やがて絞り出すように、むらさきのスカートの女は自分の名前を口にした。

「下の名前は？」と所長。

……まゆ子です……。

――何て言ったの？

――さあ。

スタッフたちはわざと聞こえるような声でそんなことを言い合った。

――あんた聞こえた？

――いんや。そっちは。

――こっちも全然聞こえなかった。

「すみませーん、聞こえなかったのでもう一度お願いしまーす」

本当は聞こえているのだ。日野です、まゆ子です、と、彼女はハッキリとそう言った。またの名をむらさきのスカートの女と申します、と。黄色いカーディガンの女の耳にはちゃんと届いた。

「すみませーん。もう一度」

「日野まゆ子さんでーす！」

本人に代わって、所長が大声を張り上げた。

「みなさんよろしくお願いしまーす！」

所長の仕事って大変そうだな、といつも思う。スタッフをまとめたり、ホテル側と交渉したり、日報や報告書を作成したり、人手が足りなければ自分が現場に入ったり、シフトを作ったり、シフトが出来上がれば誰かしらに文句を言われたり、常に本社とホテルとの板挟みだし、おまけに恐妻家で、家に帰れば奥さんに頭が上がらないという噂だ。

日に日に大きくなっていく体は、ストレスが影響しているのかもしれない。このところ本社から繰り返し言われているのは、「これ以上退職者を出さないこと」。

朝のミーティングで自己紹介を終えたばかりのむらさきのスカートの女に、所長は「昼休みに発声練習をするから事務所に顔を出すように」と言っていた。むらさきのスカートの女は不安気な顔をしてうなずいていたが、初日に発声練習をさせられるこ

場だ。とは、この職場では珍しいことではない。発声練習場はいつも同じ。屋外のゴミ置き

収集業者がやって来る前のゴミ置き場には、所長とむらさきのスカートの女の他には誰もいなかった。

「そこから、思いきり声出してみて」

所長はむらさきのスカートの女を資源ゴミのかごの横に立たせ、自分は普通ゴミのコンテナの横に立った。向かい合った状態で、まずは声出しの練習から始めた。

むらさきのスカートの女の声は、最初、全然聞こえてこなかった。

「ア、エ、イ、ウ、エ、オ、ア、オ、おはようございます！」

所長の声だけが、ゴミ置き場内に響いていた。

「タ、テ、チ、ツ、テ、ト、タ、ト、ありがとうございます！」

所長が学生時代に演劇サークルに所属していたというのは有名な話だ。何でも一時期、本気で俳優を目指していたとか。女優とつき合ってみたいから、という不純な動機が元になっているせいか、二年足らずであっさり挫折したらしい。それでも、経験

者だけあって声の出方が普通の人とは違う気がする。肚《はら》から出ている、というか。

「ナ、ネ、ニ、ヌ、ネ、ノ、ナ、ノ、おつかれさまです！」

そんな所長につられたのか、向かい合って立つむらさきのスカートの女からも、徐々に張りのある声が出始めた。

「ありがとうございます！」

「いってらっしゃいませ！」

「いってらっしゃいませ」

「いいぞ。その調子、いってらっしゃいませ！」

「いってらっしゃいませ！」

「おつかれさまです！」

「おつかれさまです！」

「そう！」

客室や廊下でゲストと顔を合わせた時用のあいさつと、対スタッフ用のあいさつと、二種類のあいさつを、所長はむらさきのスカートの女に身に付けさせようとしていた。

どちらも大人ならできて当然の振る舞いなのだが、これができない人が多いから、この職場は年中人手不足なのだった。あいさつのできない新人を、先輩スタッフがいじめて辞めさせてしまうのだ。どちらが悪いかと言えば、いじめるほうが悪いに決まっているが、いい歳して「おはようございます」も言えない人間もどうかと思う。わたしも、全然人のことは言えないのだが。

「よーし。次はもうちょっと大きな声で、ありがとうございます！」

「ありがとうございます！」

「もういっちょ。ありがとうございます！」

「ありがとうございます」

「あそこの、喫煙所にいる人にも聞こえるように！　ありがとうございます！」

「ありがとうございます！」

「おーい！　そこのあなた。えーと、誰かな、顔がよく見えないんだけど、うちの制服着てる、そう、そう、あなた！　聞こえてたら手を振ってくれ！　ありがとうございます！」

「ありがとうございます！」

わたしはひらひらと手を振った。

「聞こえてるみたいだな。よし合格!」

所長の特訓のおかげで、その日の午後には先輩スタッフたちのむらさきのスカートの女を見る目が変わった。朝の自己紹介がよほどまずい印象だったのか、乗り合わせたエレベーター内で、むらさきのスカートの女が、ただ「おつかれさまです」と頭を下げただけで、みんな驚きの表情を浮かべていた。

——なんだ、あの子普通にしゃべれるんじゃない。

——意外としっかりしてそうね。

その反応を見て、とりあえずはわたしもホッとした。これで、むらさきのスカートの女が、あいさつができないことを理由にいじめられる心配がなくなった。先輩スタッフだけでなく、塚田チーフや浜本チーフなどのチーフ陣にも、あいさつのできない新人には一切仕事を教えない、という主義の人もいる。道具の名前一つ教えてもらえずに辞めていった新人を過去に何人見てきたか。

あいさつを身に付けたむらさきのスカートの女は、その日の午後から早速仕事を教えてもらっていた。

塚田チーフはバックヤードで用具の使い方の説明をしたあと、作業手順を書いたプリントを手渡した。むらさきのスカートの女に用具の名前を書き込むよう指示したのだが、むらさきのスカートの女は、あいにくボールペンを持っていなかった。

「忘れたあ？」

と塚田チーフが言った。「ボールペンくらい用意しときなさいよ」

「すみません」

むらさきのスカートの女は頭を下げた。

「メモ帳は？　持ってる？」

むらさきのスカートの女が首を横に振ると、塚田チーフは仕事用の手提げ鞄《かばん》のなかから新品のメモ帳を一冊取り出した。

「あげるわ」

「いいんですか」

「いいよ、まだたくさんあるから。五冊で二百九十円だったのよ」

「ありがとうございます！」

と、ここでも早速特訓の成果が出ていた。

塚田チーフはボールペンを手渡しながら、「この仕事はね、結局同じことの繰り返しなのよ」と言った。「言われた通りに動いてれば勝手に体が覚えるの。難しいことなんてなあんにもないんだから」

「はい」

むらさきのスカートの女はもらったばかりのメモ帳を広げ、そこに、「結局同じことのくりかえし」と書いた。

「やーね。そんなことまでメモしなくていいのよっ」

メモを覗いた塚田チーフがむらさきのスカートの女の肩をばしんと叩き、わははと笑った。

むらさきのスカートの女が配属されたのは、その名も「トレーニング階」と呼ばれるフロアだ。このフロアには専属トレーナーである塚田チーフの他に、ヘルプのチーフたちが入れ代わり立ち代わりで常に三人、それに入社一年未満のスタッフたちが十名弱いる。塚田チーフからトレーニング終了の判子を押してもらうまでは、このフロアで清掃手順を厳しくチェックされることになる。

新人のようすを見に、所長も一度「トレーニング階」に顔を出した。その時は、たまたま、むらさきのスカートの女は別のチーフに連れられて洗剤の補充に行っていた為、不在だった。

塚田チーフは所長に、「あの子、大丈夫そうよ」と報告していた。

「しゃべる？」と所長が訊いた。

「うん、受け答えはまとも」

「そっか、良かった」所長は満足そうにうなずいた。「発声練習した甲斐があったな」

「おとなしそうだし、最初はどうなるかと思ったけど、今のところ教えたことときっちりやってくれてる。真面目だしね。鈍くさそうに見えて、意外と動きも速いのよ」

「へえ」

「何かスポーツでもやってたの、って訊いたら中高六年間陸上やってました、だって」

「ほんとに」

「専門は短距離だって。人は見た目によらないわよね。いやあ、良かった。久しぶりにまともな子が入って来たわ」

むらさきのスカートの女は、どうやら本当に運動神経が良いらしい。だけどまさか元陸上部だとは。しかも六年間も。

それに加えて「真面目」「まとも」という評価のされ方。これには少し驚いた。今まで数々の面接に失敗してきたのは、むらさきのスカートの女の外見に問題があったということか。お世辞にも清潔とは言えないその見た目も、みんなと同じ制服を着て、髪を後ろで一つにまとめただけで、塚田チーフの言うように「まとも」に見えるから不思議だ。じつは朝から、むらさきのスカートの女が前を横切るたびにフレッシュフローラルの香りがしていたのだ。わたしがドアノブにかけておいた試供品のシャンプーの香りだ。ある種の香りは人の感情に良い影響をもたらすと聞いたことがあるが、まさにその通りなのではないか。

初日の終わりに、むらさきのスカートの女は塚田チーフからリンゴを一個もらっていた。赤い、大きなリンゴだった。

「北斗《ほくと》っていうの。これ買ったら高いのよ」

塚田チーフは「しー」と指を口に当てた。

むらさきのスカートの女は両手でリンゴを受け取り、「いいんですか」と言った。

「いいの、いいの」

「でも、これ……」

「いいんだってば、みんなやってるんだから。ほらあたしも」

塚田チーフは自分の胸元を指差した。不自然に大きく丸く膨らんだ二つの胸。よく見ると右と左で形が違う。右がリンゴで、左の小さいほうがオレンジだ。塚田チーフはエプロンのポケットに手を突っ込むと、バナナをチラッと出して見せた。

むらさきのスカートの女がフフッと笑った。愛想笑いだ。

「だって、どうせ捨てることになるんだから、もったいないじゃない。ねえ、浜本チーフ、橘チーフ」

うん、うん、とヘルプに来ていた二人のチーフもうなずいた。

「塚田チーフの言う通りだわ」

「まだ食べられるものを捨てるだなんて、そんな罰当たりな行為は、主婦として見過ごせないわけよ」

浜本チーフは王林《おうりん》とオレンジを、橘チーフはオレンジとバナナを、それぞれの手提げ鞄のなかから取り出して、むらさきのスカートの女に見せた。いずれも、ホテル側がゲストのために用意したフルーツの余りだった。

「何か言われたらこっちで処分しましたって言えばいいのよ」

「そうそう」

「所長には内緒、ね」

塚田チーフはもう一度むらさきのスカートの女に向かって「しー」と言った。

「心配しなくても大丈夫よ。この人なんて、お客さんの残したシャンパンを自分の水筒にこっそり移し替えて持ち歩いてるのに、今まで一度もばれたことないんだから」

と、浜本チーフが橘チーフを指差して言った。

「ほんとうですか」

むらさきのスカートの女が驚いた顔をした。

「やーね。嘘に決まってるでしょ」

橘チーフは笑いながら顔の前で手を振った。

「ほんとうよ。この人がいつも持ってる水色の魔法瓶、中身はシャンパンなのよ。今度よく見ててごらん。ひと口飲むたびにプハーッて言ってるから」

「嘘よ、やめてよ」

「プフッ、アハハハッ」

今度のは愛想笑いじゃなかった。むらさきのスカートの女が初めて声を立てて笑うところを見た。

「ねえ、良かったらこのオレンジも持って帰らない？」

塚田チーフはワンピースのポケットのなかに隠し持っていたオレンジをむらさきのスカートの女に差し出した。

「わたしがもらっても、いいんでしょうか……？」

「いいんだってば！　あたしたちは一個ずつもらったんだから」

「でも……」

むらさきのスカートの女は、なぜかオレンジを受け取ることを躊躇《ちゅうちょ》した。その視線の先を確かめるように、塚田チーフが後ろを向いた。

「……ああ。いいの、いいの。この人は果物が嫌いなんだから」

「そうなんですか」

「そうなのよ、ねえ、権藤チーフ」

「じゃあ……、お言葉に甘えていただきます」

むらさきのスカートの女がぺこりと頭を下げた。

塚田チーフからもらったリンゴとオレンジを、むらさきのスカートの女は制服のワンピースのお腹のあたりに隠してロッカールームに持ち帰った。前かがみの姿勢で「おつかれさまです」と言いながら歩くむらさきのスカートの女は、いかにも謙虚な新人といった風だった。すれ違う先輩スタッフたちは、朝のミーティングでむらさきのスカートの女のことを小馬鹿にしたことなどすっかり忘れ、「初日おつかれさまー」「明日もがんばってね」などと、ずいぶん温かい言葉をかけていた。

勤務二日目。この日、むらさきのスカートの女は昨日より一本遅いバスに乗った。八時二分のバスだ。平日は終日二十分おきにバスが来る。これより一本早ければ朝のミーティングまで時間を持て余すことになるし、一本遅ければ遅刻する。むらさきのスカートの女がタイムカードを押したのは、八時五十二分だった。

事務所に入る時も、ロッカールームのドアを開ける時も、むらさきのスカートの女は「おはようございます」とよく通る声であいさつをした。所長やスタッフたちはむらさきのスカートの女のほうを振り返り、おはよー、と返した。所長は特訓の成果を間近に確認できて嬉しかったのか、満足気な笑みを浮かべていた。

筋肉痛になってない？　と声をかけたスタッフもいた。「はい、大丈夫です」とむらさきのスカートの女は返事をした。本当は、肩も腕も腰も脚も全身くまなく筋肉痛だ。朝、バスを待っている間中、眉間にしわを寄せて首をごきごきと鳴らしていた。

二日目にして、むらさきのスカートの女は手早く着替えを済ませた。昨日はずいぶん手間取っていたのに、もうコツを摑んだらしい。ストッキングは家から穿いて来たようだ。エプロンの紐は、ねじれのない、きれいなばってんになっていた。

ロッカーの扉の内側に付いている鏡を見ながら、むらさきのスカートの女は髪をまとめた。手にしたブラシの柄にはホテルのロゴがプリントしてある。昨日、塚田チーフに「ここにあるものどれでも自由に持って帰っていいよ」と言われ、そのなかからブラシと綿棒を選んでいた。むらさきのスカートの女がブラッシングするたびに、フレッシュフローラルの香りがふわっと香った。

ロッカールームを出る前に、むらさきのスカートの女は簡単なストレッチをした。小さな呻《うめ》き声を漏らしながら、膝の曲げ伸ばしや肩甲骨回しをするようすは何とも辛そうではあった。これだけの筋肉痛になったのは、何も慣れない仕事のせいだけじゃない。じつは昨日、むらさきのスカートの女は、仕事終わりにたっぷり九十分間、全力で走り回ったのだ。

昨日、客室稼働率は五十パーセントを割っていた。午後三時半にタイムカードを押したむらさきのスカートの女は、三時五十三分発のバスに乗り、四時半過ぎに地元に着いた。これまでのむらさきのスカートの女なら、仕事帰りはどこにも寄り道せずにまっすぐ家路についただろう。それが昨日は大変珍しいことに、ふらりと公園に立ち寄ったのだ。

公園で、むらさきのスカートの女はいつもの専用シートに腰を下ろした。膝上に置いた鞄のなかに手を突っ込むと、なかから真っ赤なリンゴを取り出した。帰り際、塚田チーフから渡された北斗だった。それを顔の前まで持ってくると、あー、と大きな口を開け、ガブリ、とかぶりついた。

ガブリ、ガブリ、ガブリ、と立て続けに三口も。四口目にいこうとした時、「あ、いる！」と、公園の外から子供の叫ぶ声がした。

「リンゴ食べてる！」

子供たちが、むらさきのスカートの女を指差して笑っていた。笑いながら入り口の鉄柵をピョンピョンと飛び越えた。ベンチから少し離れた場所で輪になると、元気良くジャンケンを始めた。あいこが三回続き、四回目でチョキを出した子が負けた。ちっくしょー、負けた子は悔しそうに叫んでいたが、毎度のことながら、その顔は喜んでいるようにも見える。負けた男の子は小走りでむらさきのスカートの女の座る専用シートに近づくと、直前で腕を高く振り上げた。

バシン！　と肩に手が当たったその振動で、むらさきのスカートの女の手に握られていたリンゴがぽろりと落ちた。

「あっ」

男の子が青ざめた。あれだけ勢いよく叩けばどうなるかわかりそうなものなのに。男の子だけでなく、他の子たちもこの展開は予想できていなかったのか、茫然《ぼうぜん》とした表情で、地面をコロコロと転がって行くリンゴを見ていた。

リンゴはゴミ箱の近くまで転がって、ようやく止まった。肩を叩いた張本人は、そこでハッと正気に戻ったような顔をして、リンゴの元へ駆けて行った。砂の付いたリンゴを拾い上げると、とても申し訳なさそうな顔をしながら、むらさきのスカートの女のところに戻って来た。

「ごめんなさい」

男の子はおずおずとリンゴを差し出した。

すると、そのようすを見ていた他の子供たちも次々に駆け寄ってきて、むらさきのスカートの女に向かって頭を下げた。ごめんなさい！　すみませんでした！　本当にごめんなさい！　ごめんなさい！　ごめんなさい！　ごめんなさい！

子供たちが高速でぺこぺこと頭を下げるようすは、こちらから見るとかなり異様な光景で、わたしはまた新しい遊びでも始まったのかと思った。

だが、そうではなかった。子供たちは心の底から謝っていた。肩を叩いた本人は、目に涙まで浮かべていた。

それに対してむらさきのスカートの女は、小さく手を振り、

「大丈夫だよ」

と言った。

大丈夫だよ。そういうことを言う人だとは、知らなかった。子供たちも、突然のことに戸惑っていた。

――しゃべった。

――しゃべったね。

顔を見合わせ、チラチラとむらさきのスカートの女のようすをうかがっていた。

「洗ってきます！」

男の子が水飲み場に向かって駆け出した。そのあとに、他の子供たちも続いた。

「いいよ、大丈夫だから」

むらさきのスカートの女もベンチから立ち上がり、子供たちのあとを追いかけた。

みんなで一個のリンゴを代わる代わる手に取り、丁寧に洗い流していた。洗い終えたリンゴは、最終的にむらさきのスカートの女の手に渡された。ぞろぞろとシートに戻って来ると、まず、むらさきのスカートの女がリンゴを一口かじった。

「おいしい」

とむらさきのスカートの女は言い、そのリンゴを隣にいた男の子に手渡した。

先ほど、むらさきのスカートの女の肩を叩いたその男の子は、手渡されたリンゴを一口かじると、「うまい」と言った。そして今度は、自分の右隣にいた女の子にかじったリンゴを手渡した。女の子も同様に一口かじり、やはり自分の右隣にいた女の子へと手渡した。

「おいしい」「甘い」「うまい」「おいしいね」。むらさきのスカートの女を中心に、リンゴが反時計回りにぐるぐると渡っていった。男の子のかじったところを女の子がかじり、女の子のかじったところを女の子がかじり、女の子がかじったところを男の子がかじり、男の子のかじったところを男の子がかじり、男の子がかじったところをむらさきのスカートの女がかじり、二巡目でリンゴは芯だけになった。

リンゴを食べ終えたむらさきのスカートの女と子供たちは、そのあと一緒に鬼ごっこをして遊んだ。むらさきのスカートの女がジャンケンの輪に加わったのは、この時が初めてだった。鬼ごっこは、あたりが真っ暗になるまで続き、その間に全員に鬼役が回ってきた。

むらさきのスカートの女は、一番最後に鬼になった。

縦横無尽に動き回る子供たちは、まるでねずみのようだった。元陸上部のむらさきのスカートの女ですら、予測不能の動きをする子供たちに手を焼いていた。途中までは必死の形相で追いかけ回していたのだが、途中から、なぜか急に走るのを止《や》めた。駆け回る子供たちそっちのけで、鬼役のむらさきのスカートの女は、花壇を見たり時計を見上げたり、ゆっくり、ゆっくり、まるで散歩しているみたいに公園内を歩き始めたのだ。異変に気がついた子供たちが心配そうな顔をして、むらさきのスカートの女に駆け寄った。わたしも、一体どうしたんだろうと思った。

「どうしたの？」

男の子が下から顔を覗き込んだ。

「怒ってるの？」

むらさきのスカートの女は、ハア、とため息を一つ吐《つ》き、「疲れた」と言った。

「疲れたの？」

「大丈夫？」

「ちょっと休む？」

その時だった。むらさきのスカートの女は、ちょうど自分の正面に立っていた男の子の両肩にポンと手を置き、満面の笑みでこう言ったのだ。

「つーかまーえたっ」

うわあああ、やられたあ。叫び声のあとに、笑いと拍手が沸き起こった。ナイス！やるじゃん！　子供たちの手のひらがむらさきのスカートの女の肩や背中をばんばん叩いた。叩くたびに大量のほこりが舞い上がり、そのほこりは風に乗って公園の入り口近くのベンチまで飛んできた。

その数分後、誰もいなくなった公園に、オレンジが一個、転がっていた。わたしは専用シートの下に落ちていたそれを拾い上げ、その場で皮ごとかぶりついた。ガブリ、ガブリ、と、先ほどのリンゴみたいに。一口目では果肉に届かなかったが、次第に甘酸っぱい果汁が口のなかに溢《あふ》れ出てきた。

わたしは夢中で食べた。見学していただけなのに、のどがからからに渇いていた。

「鬼ごっこのし過ぎで全身筋肉痛なんです」と言ったところで休ませてもらえるわけもなく、勤務二日目のこの日も、むらさきのスカートの女は、朝からみっちりトレーニングを受けていた。

たまに、開いた客室扉の向こうから、「これは内緒だけどね……」という塚田チーフの声が漏れ聞こえてきた。どうやら、楽に仕事を進めるコツなども伝授されているらしい。日頃から「やる気のないやつには教えない」と豪語している塚田チーフなだけに、逐一相槌《あいづち》を打ち、些細《ささい》なことでもメモに残そうとするむらさきのスカートの女の姿勢を評価してのことだろう。この調子なら、一カ月も経たずにトレーニング終了の判子をもらえるかもしれない。トレーニングが終了すれば、一人で作業をする時間が増える。大勢といる時と、一人でいる時、どちらが面と向かって声をかけやすいかと言えば、当然一人の時だろう。

わたしは昨日に引き続き、この日も、自己紹介をするきっかけを逃していた。

昼食休憩終了間際の食堂で、一人お茶を飲んでいるむらさきのスカートの女を見かけた時が、チャンスと言えばチャンスだった。声をかけようか迷っているうちに、どこからともなく現れた所長に席を奪われてしまったのだ。所長は所長で新人の動向が気になるのか、「仕事どう？　続きそう？」と話しかけていた。

「ハイ、大丈夫です」むらさきのスカートの女は笑顔で答えた。

「良かった。ここだけの話、チーフたちにいじめられてるんじゃないかって心配してたんだ」と、所長は声をひそめてそんなことを言った。

「みなさん、とってもやさしいです」とむらさきのスカートの女が言った。

「ならいいんだ。うちはクセのある人の集まりだからね。特にチーフ陣なんて、見事なまでに個性派揃いだろ」

「え……、はい、まあ」

「塚田さんとかさ」

「ええ、はい……。フフ」

「他にも浜本さんとか、橘さんとか、新庄さんとか、堀さんとか、宮地さんとか。あとは中谷さんとか、沖田さんとか、野々村さんとか。言ってみれば全員だな。全員強烈」

「強烈って……。フフッ」

「動物園みたいだ」

「そんな。フフフッ」

「もう顔と名前覚えた？」

「チーフたちのですか？　いえ、まだ……」

「そっか。トレーニング階は塚田さん以外、毎日顔ぶれ変わるもんね。そのうち覚えるよ」

「はい」

「でも良かった。合わない子はすぐ辞めていくんだよ。日野さんは大丈夫そうだね。なんてったってあの塚田さんがベタ褒めしてるくらいだから」

「塚田チーフ、やさしいです」

「塚田さんが聞いたら喜ぶよ。おっと、もう時間だ」

所長は椅子から立ち上がると、自動販売機で缶コーヒーを二本買って戻って来た。

「どうぞ」

「いいんですか」

「午後からもがんばって」

「はい、ありがとうございます！」

「ハハッ。いい返事だ。合格」


翌日、わたしは公休日だった。でも、むらさきのスカートの女が出勤だったので、わたしも出勤することにした。むらさきのスカートの女は前日と同じバスに乗り、同じ時刻にタイムカードを押した。わたしもつられてタイムカードを押しそうになったが、直前で気がついて元に戻した。

出勤はしたものの、働く気は毛頭なかった。というか公休日なのだから、そもそも頭数に入れられていない。では何をしに来たのかというと、むらさきのスカートの女の仕事ぶりをこっそり観察しに来たのだった。もちろん、タイミングさえ合えば自己紹介をしたいとも思っていた。

ところが、ロッカールームに足を踏み入れた瞬間に、重大なミスを犯したことに気がついた。

わたしとしたことが、制服を持って来るのを忘れてしまったのだ。制服が無いとフロアに上がれないではないか。昨日、休み前の習慣で一式家に持ち帰り、今朝、洗濯してベランダに干して来たのだった。

うかつだった。私服でウロウロするわけにもいかないし、予備の制服を借りるとなると、事務所にいる誰かしらと会話をしなければならない。わたしが本日休みであることがばれたら即帰らされるだろう。

一体何をしに来たのかわからないが、来たばかりで、わたしは再びバスに乗って家に帰った。定期券って便利だな、と帰りのバスのなかではそんなことを思ったりもした。

帰宅後は、少しだけテレビを観てから昼寝をした。昼寝から目覚めると外はもう薄暗かった。しばらくごろごろしていたが、商店街の店舗が閉まる時刻が近づいたところで重い腰を上げた。

商店街では八百屋とドラッグストアと百円ショップを見て回った。たつみ酒店では店内には入らずに、おもての自販機を利用した。最後に立ち寄った総菜屋で、値引き品二パックを見比べながらどちらを買おうか迷っている最中、ふと視線を上げた先に、むらさきのスカートの女の姿を見つけた。

まさか、この時間にばったり会うとは思わなかったので驚いた。たしか今日の客室稼働率は三十パーセント台だったはずだ。もうとっくに仕事を終えて、帰宅している頃だと思っていた。

むらさきのスカートの女とわたしの間の距離はおよそ十数メートルといったところだった。こちらに向かって歩いて来るその姿が、いつもと少し違って見えた。商店街を歩く時に発揮される、リズム感やスピード感がまったく無かったのだ。日が暮れて人通りが少ないせいかとも思ったが、それにしたって動きがずいぶんゆっくりだった。勤務三日目にして、塚田チーフにこき使われたのだろうか。近づくほどにはっきりしてくるその顔は、目の焦点が合っておらず、頬の筋肉はだらんと垂れ下がっているように見えた。

どうしたんだろう。今日一日で、一体何があったんだろう。

今朝の自分の行動を思い返して、わたしはひどく後悔した。どうしてあの時、テレビをつけて横になったりしたのだろう。どうして職場に戻らなかったのだろう。生乾きでも良いから制服を鞄に詰めて、引き返すべきだった。定期券もあるのだし、迷わず行くべきだったのだ。

むらさきのスカートの女の体は、たまに左右に大きくふらついていた。今、誰かがぶつかりに行ったら軽々と飛んで行くかもしれない。一瞬、そんな考えが頭をよぎった。もちろん、誰もそんな真似はしなかった。むらさきのスカートの女は、ゆっくりとわたしの真横を通り過ぎ、そのままふらりふらりと、自宅アパートのほうへと歩いて行った。

むらさきのスカートの女が通り過ぎたあと、隣に居合わせた買い物客が、総菜屋の主人に向かって「今の人、かなりふらついてたけど大丈夫かな」と言った。総菜屋の主人はむらさきのスカートの女の後ろ姿にちょっと目を遣《や》り、「自分の足で歩けてるんだし、大丈夫でしょう」と言った。二人とも、今、通り過ぎて行ったのがむらさきのスカートの女だとは気がついていなかった。

翌日は落ち着かない気分で過ごした。

むらさきのスカートの女は休みだった。月曜日から清掃スタッフとして働き始めて、この日が初めての公休日だった。前の晩のようすだと、今日は一日中アパートの部屋で寝て過ごすことになるだろう。たった一日で体は元の状態まで回復するものなのだろうか。昨日何があったのか塚田チーフに訊ねたかったが、こんな日に限って塚田チーフも休みなのだった。

何よりわたしが危惧していたのは、休み明けにちゃんと出てくるだろうか、ということだった。最初の二、三日だけ来て、初めての休みを境にパッタリ来なくなった新人ならこれまでにも大勢いた。

むらさきのスカートの女は、そんなことにはなってほしくない。せっかく採用されたのだから、もう少しだけがんばってみてほしい。せめて、わたしと友達になるまでは。

次の日の朝、バス停の先頭に立っているむらさきのスカートの女の姿を見た時は、だから、とても安心した。

一昨日と比べると、ずいぶん顔色が良くなっていた。背すじも伸びているし、視線も定まっていた。

バスが到着した時点で車内は満員だった。毎朝のことでうんざりするが、一本遅らせると遅刻確定となるので乗らないわけにはいかない。むらさきのスカートの女は小柄な体型をうまく生かし、サラリーマンのわきの下から乗り込んでいた。

列に並んでいた人たちのうち何人かは早々に乗るのを諦めて、タクシー乗り場へと走って行った。おかげで一番後ろに並んでいたわたしは繰り上げ乗車に成功した。むらさきのスカートの女を見習って、姿勢を低くし、高校生のリュックの下から潜り込んだ。

バスのなかで、むらさきのスカートの女はサラリーマンのなかに埋もれてしまった。わたしのいる所からは、頭の一部と右肩だけが見えていた。サラリーマンの一人は、むらさきのスカートの女の髪の匂いを嗅いでいた。どうやら今日もフレッシュフローラルの香りのシャンプーらしい。ひょっとすると、朝、洗っているのかもしれない。そろそろ試供品が無くなる頃だと思うが、無くなったらまた以前のようなパサパサ頭に戻るのだろうか。そうなれば誰も髪の匂いを嗅いだりしなくなるだろう。すると、むらさきのスカートの女の頭の周りには自然とスペースができ、こちらからも顔がよく見えるようになり、「あれ？　おはようございます。いつもこのバスですか」なんて声をかける、かけられる日が来るということか。

今はあいさつどころではないのだが。身動きの取れないこの状況で、わたしは先ほどからむらさきのスカートの女の右肩にご飯粒が付いているのが気になっていた。乾いて固くなったご飯粒だった。塚田チーフに朝は米を食べろと言われたから実践しているのかもしれない。もしかすると、もう何日も前から付いたままになっているのかも。取ってあげたいのだが、この状況だから手指を動かすのにも苦労する。じりじりと、少しずつ腕を伸ばしていき、むらさきのスカートの女の肩に付いたご飯粒まであとわずかという距離までわたしの指先が近づいた時だった。バスが急カーブに差しかかり、車体が左右に大きく揺れた。その拍子に、わたしはご飯粒ではなくて、むらさきのスカートの女の鼻をつまんでしまった。

「んがっ」

と、むらさきのスカートの女がまぬけな声を出した。わたしは慌てて手を引っ込めた。

次のバス停に到着し、ぞろぞろと乗客が降りて行くなか、むらさきのスカートの女は一人恐い顔をして、あたりをキョロキョロと見回していた。さっき自分の鼻をつまんだのは一体どこのどいつだと言いたげな顔だった。「おまえだな!」という目つきでわたしの顔を睨みつけた、と思ったら、むらさきのスカートの女はわたしの横に立っていたサラリーマン風の男へと詰め寄った。

「あなた、今、お尻触ったでしょう!」

と、男に向かってこう言い放った。

「この人、痴漢です!」

むらさきのスカートの女に指を差された本人は、あわあわと意味不明なことを言い、しかし痴漢と言い切られたことを否定しなかった。

周りにいた乗客が、四方からサッと男を取り囲んだ。

状況を察知した運転手が、近くの交番の前でバスを緊急停車させた。

バスの扉が開くと、まずむらさきのスカートの女が降りた。続いて男が、乗客たちの手によって引きずり降ろされた。扉が閉まると、バスは何事も無かったかのように走り出した。一番後ろの車窓から、交番のおまわりさんに痴漢疑惑の男を引き渡すむらさきのスカートの女の後ろ姿が見えた。

こんな経緯《いきさつ》があって、この日、むらさきのスカートの女は二時間の遅刻をした。朝のミーティングを終え、フロアへと上がるエレベーターの到着を待つ間、スタッフたちは口々に噂していた。早速無断欠勤か。いつものパターンだ。きっともう来ないだろうね。

そんななか、「何か事情があるのよ」と言ったのは塚田チーフだった。

「何も言わずに辞めるような子じゃないと思うわ」

「そうですかあ？」

と、古参スタッフの一人は首をひねった。「今回もお決まりのパターンだと思いますけどねえ」

「ううん、あの子に限っては違うと思う」

と塚田チーフは言った。

「あたしも、違うと思う」

と浜本チーフも言った。

「浜本チーフも？」

「うん、彼女、トレーニングがんばってるみたいだから」

「そういう子に限って、何も言わずに辞めたりするんですよお」

と、別の古参スタッフが言った。

ううん、塚田チーフは首を振った。

「長年トレーナーやってるとね、目を見たら一発でわかるのよ。あ、この子続くなって。ね、そうよね浜本チーフ」

「そう」

「ふうん。そんなもんですかねえ」

「それにね、あの子言ってたもん。この仕事楽しいですって。ねえ、言ってたわよね。浜本チーフ、橘チーフ」

「うん、言ってた」

と浜本チーフが言った。

「言ってたね」

と橘チーフも言った。

「あたしたちね、おととい飲みに行ったのよ」

塚田チーフが言った。「ほら、おととい稼働率低かったじゃない。三時に上がったもんだから、そのまま四人で駅前の串カツ屋に直行したの」

「四人で、ですか?」

「そうよ。あの日は沖田チーフも野々村チーフも堀チーフも休みだったから」

「権藤チーフは……、行かなかったんですか?」

と、こちらを気遣っているつもりなのか、古参スタッフの一人が小さな声で言った。

「だって権藤チーフは下戸《げこ》だもの」

と塚田チーフが言った。「飲めない人誘って、気を遣わせるのも悪いでしょ」

「そうそう、それにおとといは権藤チーフも休みだったしね」

と橘チーフが言った。

「あらそうだった? 見たような気がしたけど」

「そう? 浜本チーフの気のせいじゃない? 権藤チーフがいないから自分が備品のチェックしなきゃなんないって、新庄チーフが文句言ってたもん」

「ふうん、そうだっけ」

「でね、その串カツ屋でね、あの子、はっきり言ったのよ。この仕事楽しいですって。ずっと続けていきますって。こう胸を張ってね、宣言したのよ」

と塚田チーフが言った。

「えー？　酔っ払ってたんじゃないんですか？」

「まあ、それもあるかもしれないけど」

「あ、もしかして二日酔いで寝込んでるのかな」

「飲みに行ったのはおとといよ。普通二日酔いって翌日になるものじゃないの」

「わかんないわよ。だって相当な量を飲んだじゃない。まだ酒が抜けてないのかも」

「そういう浜本チーフだって相当な量を飲んでたけどね」

「あら、橘チーフほどじゃないわよ」

「あたし？　確かに飲んだけど、浜本チーフの梅割りの量には負けるわ」

「いやいや、梅割りなんてかわいいもんよ。橘チーフは最初からロックだったじゃない」

「そうだったかしら」

「まったく。レディースデーだからって、みんな飲み過ぎなのよ」

「そう言う塚田チーフが一番飲んでた！」

わははは。三人のチーフが笑い声を立てた時、所長が廊下の向こうから塚田チーフの名前を呼んだ。

「塚田さーん。今、日野さんから電話があって、ちょっと遅刻しますだって」

塚田チーフは所長に向かって「りょうかーい」と両手で大きく丸をして、得意げに振り返った。

「ほらね。無断欠勤じゃなかったでしょ」

むらさきのスカートの女は交番から事務所に電話をかけて、所長に事情を説明したらしい。所長は二時間遅れで出勤したむらさきのスカートの女に缶コーヒーをおごっていた。

「おつかれさん。今朝は大変だったね」

昼の三時。遅めの昼食休憩で下に降りて来たむらさきのスカートの女は、所長から差し出された缶コーヒーを両手で受け取り、頭を下げた。

「ご迷惑をおかけしてすみませんでした」

「迷惑だなんてとんでもない」

と所長は言った。

「日野さんは被害者なんだから、謝る必要はないよ。悪いのはその痴漢野郎だ。まったく最低の奴だな。同じ男として許せないよ。怖かっただろう」

むらさきのスカートの女はこくりとうなずいた。

「バスの時間、変えたほうがいいんじゃないかな。犯人は捕まったとはいえ、またいつ変なのが乗り込んでくるかわかったもんじゃないよ」

「はい……。でも、ちょうどいい時間のバスが無くて。一本早ければ時間が余るし、遅ければ遅刻するんです」

「うーん、そうかあ。それは困ったね……」

「大丈夫です。いざとなったら乗客のみなさんや運転手さんが助けてくれますから」

「そう？　心配だなあ」

「大丈夫ですよ。そんなに心配しないでください」

「いや心配だ。今朝だって心配したんだよ。無事に出勤してくれたから良かったものの、ミーティングが始まる時間になっても何の連絡も無いからさ。ほら、前にも話したことあるけど、この職場は連絡も無しにパッタリ来なくなる人が多いからね」

「わたし、そんなことしません」

「わかってる。日野さんはそんな子じゃないってチーフ陣からも言われたよ。おととい、あの人たちと飲みに行ったんだって」

「はい、帰り際に誘われて」

「ずいぶん強いんだってね。意外だなあ」

「やだ、誰がそんなこと言ったんですか」

「いやいや、頼もしいなと思ってさ。仕事はできるし、酒にも強い」

「強くなんかないんです。あの日は強引に飲まされたっていうか……、途中から悪酔いしちゃって、どうやって帰ったかも覚えてないんです」

「ほんとに？　危ないなあ」

「それに、仕事だって、自分ではできてるとは思いません。塚田チーフの教え方が上手だからだと思います」

「ははは。伝えとくよ。日野さんが塚田さんの後継者になりたいって言ってたって」

「そんな。言ってません」

「冗談、冗談。いや、あながち冗談でもないな」

「え？」

「ここだけの話だけど、いずれ日野さんにはチーフ陣の一員としてスタッフたちをサポートする側に回ってもらいたいと思ってるんだ」

「わたしが、ですか？」

「今すぐにというわけじゃないよ。だけどなるべく早くにとは思ってる。トレーニングが終了したら、同時にチーフの仕事も覚えてもらいたいんだ」

「そんな……、わたしにできるかどうか……」

「できるよ。あのね、じつはチーフの仕事なんて簡単なんだよ。あの人たちの顔見てたらわかるだろ。みんなのんきな顔してる。なかにはチーフになった途端、特別扱いされてると勘違いして、仕事をさぼるようになる人もいるくらいだ。日野さんには、そこに新しい風を吹き込んでもらいたいと思ってる。きっと今いるチーフたちにとって、良い刺激になると思うんだ。ただ、待遇はそんなに変わらないんだけどね。手当てが付くわけじゃないし、制服も今とおんなじ。時給に関して言えば、たしか清掃スタッフより三十円アップだったかな。もちろん、長く勤めてくれたら正社員登用という道もあるし、試験の結果次第では本社採用される可能性もある。塚田さんから聞いたけど、この仕事ずっと続けるって宣言したんだって？」

「宣言だなんて」

「僕はね、それを聞いて、何というか、すごく嬉しかったんだよね。そう、嬉しかった」
「所長……」
「うん。嬉しかったんだ」

わたしはもどかしい気持ちでこの時の二人の会話を盗み聞きしていた。というのは、むらさきのスカートの女が、一向にバスのなかで鼻をつままれた話をしようとしないからだった。

ひょっとして、お尻を触った人物がついでに鼻もつまんだと思っているのだろうか。違うのに。鼻をつまんだのは、わたしなのに。

翌朝、わたしはある決意をもってバス停の列に並んだ。むらさきのスカートの女の鼻を、もう一度、つまんでみようと思ったのだ。昨日、むらさきのスカートの女は色んな人から声をかけられていた。痴漢に遭ったんだって？　朝から大変だったのねえ。声をかけられるたびに、むらさきのスカートの女は、「そうなんですよー」と、気軽に応じていた。「バスでお尻触られてー」

わたしの聞いた限りでは、むらさきのスカートの女は一度も鼻をつままれた話をしていなかった。わたしは確かに鼻をつまんだはずなのだが。もしかして、わたしは鼻なんてつまんでいないのだろうか。それとも全然知らない人の鼻をつまんでしまったとか？　わからない。とにかく、今のままでは、わたしのしたことが、無かったことになってしまう。

だから、もう一度つまんでみる。今度はもっとしっかり、爪が鼻の頭に食い込んで血が出るくらいまで。

むらさきのスカートの女は激怒して、わたしをバスから引きずり降ろすかもしれない。そうなっても構わない。わたしはちゃんと名乗った上で、むらさきのスカートの女に謝罪をし、お許しをもらい、そして二人は友達になるのだから。

と、ここまで考えていたにも拘《かか》わらず、この日、むらさきのスカートの女はなかなかバス停に姿を現さなかった。

八時二分のバスを見送ったあと、わたしはバス停のベンチに腰かけて、むらさきのスカートの女がやって来るのを待った。次のバスだと遅刻するけどやむを得ない。

しかし次のバスが到着する時間になっても、むらさきのスカートの女は来なかった。

まさか今日は休みかと思い、慌ててメモで確認してみたが、次の休みは月曜となっていて、今日ではなかった。

結局、一時間待ち続けたが、むらさきのスカートの女はついにバス停に姿を見せることはなかった。

朝のミーティングに出られなかったわたしは、事務所のホワイトボードでその日の客室稼働率や売り止めの部屋などをチェックした。備考のところには昨日発生したミスの数々（二一〇号室紅茶補充し忘れ、七〇七号室バスタブ洗い残し、八一一号室窓の鍵閉め忘れ）と、いつもと変わらない注意書き（※備品の数が合いません！　紛失に気がついたら速やかに担当チーフに報告すること！）が所長の汚い字でなぐり書きしてあった。自分のタイムカードを押したあと、むらさきのスカートの女のタイムカードを確認してみると、「出勤」の欄には二日目とほぼ同じ時間（8：50）が打刻されていた。

これは一体どういうことだろう。バスを使わなかったということは、電車で来たのだろうか。電車だとしても、駅まで行くのにどのみちバスに乗らなければいけないのだが。ひょっとしてタクシーを利用したとか。職場まで片道三千円くらいか。むらさきのスカートの女がそんな余分なお金を持っているとは考えにくい。となると、徒歩で出勤したということ？　徒歩なら片道二時間以上はかかるだろう。通勤するだけでくたくたになると思うのだが、この日、むらさきのスカートの女はいつにも増して元気いっぱいだった。

わたしが覗いた時は、右手に雑巾、左手にはたきを持って、客室内をぐるぐると駆け回っている最中だった。

「もっと速く！　丁寧に！」

塚田チーフから注意を受けるたび、「ハイッ」と歯切れの良い返事をしていた。

それに応えるかのように、塚田チーフの指導にも熱が入った。

「あと五分しかないよ！　急いで急いで！　明日からは誰も手伝ってくれないんだよ！」

「ハイッ」

むらさきのスカートの女は、この日の勤務終了間際に、塚田チーフからトレーニング終了の判子をもらった。

勤務五日目にして、トレーニングが終了するとは思わなかった。普通は一カ月から二カ月、遅い人なら半年以上かかることもある。所長も、他のスタッフも、異例の早さに驚いていた。

当の本人はというと、こんなにも早く一人前と認められたことは、そのまま自信に繋《つな》がったようだ。翌日からマスターキーを腰に下げて歩くようになったわけだが、その横顔はどこか誇らしげだった。

むらさきのスカートの女に限らず、すべてのスタッフに言えることなのだが、トレーニング終了の判子をもらった途端、みんなどことなく足取りが軽くなるというか、リラックスした雰囲気を身にまとうようになる。トレーニング中はチーフに細かくチェックされ、怒られ、時には虐《しいた》げられ、「良し」が出るまで何度もやり直しさせられるものだから、どうしたって萎縮するようになる。一人前になるということは、チーフから解放されるということだ。自分一人で客室の鍵を開け、自分一人で清掃をし、自分一人で客室から出てきて自分一人で鍵を閉める。最初から最後まで全部自分一人。すべての責任を負わなければならないプレッシャーよりも、解放感のほうが勝るのだろう。ここ最近のむらさきのスカートの女は、仕事に対する姿勢だけでなく、休みの日の過ごし方にも変化が見られるようになっていた。

単純に、出歩く回数が増えたのだ。出歩くと言っても、むらさきのスカートの女が足を向ける先は、近所の商店街か公園ぐらいしかないのだが。

この日も、お決まりのコースだった。むらさきのスカートの女は、商店街で食料品と日用品の買い物を済ませたのち、公園へと歩いて行った。

「あ、来た！」

公園には子供たちが先に着いていた。

公園の入り口に現れたむらさきのスカートの女を見つけると、子供たちは一斉に駆け寄った。

「あれ持って来てくれた？」

「うん」

むらさきのスカートの女がうなずくと、わあーと歓声が上がった。子供たちはむらさきのスカートの女の手を引っぱって、専用シートへと連れて行った。

専用シートに腰を下ろしたむらさきのスカートの女を、子供たちが取り囲んだ。早く！　早く！　子供たちに急《せ》かされながら、むらさきのスカートの女が手提げ袋から取り出したのは、チョコレートの箱だった。

「待ってました！」

リーダー風の男の子の手に、茶色の四角い箱が渡ると、今度はそっちに子供たちが集中した。ちょうだい！　ぼくにも！

「みんなで分けて食べるんだよ」

むらさきのスカートの女がのんびりとした口調で言った。「一人一粒ずつあるからね」

子供たちはチョコに夢中になるあまり、むらさきのスカートの女の言うことは、てんで耳に入らないようだった。一人一粒ずつあるにも拘わらず、ほとんど取り合いになっていた。

世界各国から厳選されたカカオ豆と、北海道産の上質な牛乳から作られた生クリームを使用したこの生チョコレートは、一粒なんと九百八十円もする。パティシエによるメッセージカード付きで、箱の蓋には、ホテルのロゴとマーク（M&Hの文字と、首に花輪をかけたペガサス）が描かれている。

おいし～。とろける～。普段食べているチロルチョコとの違いが彼らにもわかるのか、子供たちは至福の表情を浮かべながら味わっていた。むらさきのスカートの女は、そのようすを聖母のようなまなざしで見つめていた。

むらさきのスカートの女が仕事をしていると知った時、子供たちは大そう驚いていた。多くの人がそう思っているように、そしてわたしもそう思っていたように、彼らも平日の昼間からウロウロしているむらさきのスカートの女のことを、無職だと思っていたらしい。

「まあ、働いたり働かなかったりなんだけどね」と、驚いた顔をしている子供たちに、むらさきのスカートの女は照れ臭そうな顔をして、そう言っていた。

「何の仕事してるの？」という子供たちからの質問には、掃除の仕事、と答えていた。

「そんな仕事あるの？」子供たちから訊かれると、「あるよ」と答えた。

「掃除しただけでお金もらえるってこと？」

「そうだよ」

「ずるーい。あたしだって毎日自分の部屋と玄関の掃除してるよ。でもお金なんか一円ももらったことないよ」

「こっちは仕事だからね。お手伝いじゃないから」と、むらさきのスカートの女は真っ当なことを言った。

「あたし、大人になったら掃除の仕事する」と一人の女の子が言った。

「ぼくもする」

「ぼくも」

「あたしも」

次々に手が挙がった。

「ねえみんな一緒のところで働こうよ」

「賛成！」

それを聞いたむらさきのスカートの女は、「うちにおいでよ」と言った。

「駅前にすごく大きなホテルあるの知ってる？　建物のてっぺんにM&Hって書いてある、白いホテル。わたし、そこで働いてるの。みんな、大きくなったら、うちのホテルに来たらいいよ」

「M&Hって、見たことある」

「電車から見えるよね」

「そう、それ。電車からもバスからも見えるよ。芸能人も泊まりに来る立派なホテルなのよ」

「えっ。芸能人が来るの？」

「先週は峰あきらが来てたな」

「演歌の？」

「うん。おとといは女優の五十嵐レイナが来てた」

「五十嵐レイナ？　すげー！」

「美人だった？」

「うーん。普通じゃない？」

「いいなあ。五十嵐レイナ見たいなあ。ねえ、ぼくにも掃除の仕事できるかな」

「できるよ」

「あたしにも？」

「できるよ。慣れるまでが大変だけど、コツさえ摑めば誰でもできるよ」

「難しくないの？」

「難しいと思うこともあるかもしれないけど、コツさえ摑んだら、誰でもできるの。心配しなくても大丈夫だよ。もしうちのホテルに来たら、わたしがトレーニングしてあげるから」

　この少し前に、いずれチーフに、という話を所長から持ちかけられたばかりだった。所長の前では困惑の表情を浮かべていたが、内心は嬉しかったのだろう、この日のむらさきのスカートの女の口からは、客室清掃の仕事を始めてまもない人とは思えないような、頼もしい発言がぽんぽん飛び出していた。


「この箱ちょうだい」

　一人一粒ずつのチョコレートを食べ終えたあと、空になった箱を手にした男の子が、むらさきのスカートの女に言った。

「いいよ。何に使うの」

「ベルマーク入れる。お母さんが集めてるんだ。今の箱、もう満杯であふれてるから」

「あたしもこの箱欲しい」

「だめだよ、ぼくがもらったんだから」

「みかちゃんには今度あげるわ」とむらさきのスカートの女が言った。

「今度っていつ？」

「いつかはわからないけど、チョコが手に入ったら」

「ぼくも欲しいよ」

「わかった。順番ね。みかちゃんの次は、もっくん」

「約束だよ」

「ねえ、この絵、どこかで見たことあるよ」

と、ここで一人の女の子が、男の子の手にしていた箱を横から覗き込みながら言った。「どこで見たんだっけ……」

「それ、うちのホテルのマークだよ」

とむらさきのスカートの女が言った。「今までにあげたクッキーとか、バウムクーヘンの箱とか、ホテルの商品には全部、その絵が描いてあるのよ」

「ふうん。これ何？　馬？」

と先ほど、もっくんと呼ばれた男の子が訊いた。

「ペガサス」

と、むらさきのスカートの女が答えた。

「あっ。思い出した！」

突然、箱を覗き込んでいた女の子が顔を上げた。「この絵、うちのタオルに付いてるんだ！」

「タオル？」

「うん。バスタオルと、普通のタオルと、小さいタオルにも付いてる。うちにあるなかで、一番きれいでふかふかのタオルなの」

「ふうん。うちのホテルで買ったのかな。タオルの販売なんてしてたかな……」

むらさきのスカートの女は首を傾《かし》げた。

「ううん。バザーで買ったの」

と女の子が言った。

「バザー？」

「うん。学校のバザー。お母さんと一緒に行った時に買ったの。まゆさん、バザー行ったことない？」

「うん、ない」

「ないの？」

と男の子が驚いた顔をした。「ぼく毎回行ってるよ。ホットドッグとか売ってて、ゲームコーナーもあって、すごい楽しいんだよ」

「そうなの」

「あたしバザーでマンガとスニーカー買ってもらったことあるよ」

「へえ。それ、いつやってるの？」

「毎月第三日曜日。今度まゆさんも一緒に行こうよ！」

「うん。仕事が休みだったら行ってみようかな」

みんな、いつのまに自己紹介を済ませたのだろうか。子供の顔はどれも同じに見えるが、もっくんという名前の男の子とみかちゃんという名前の女の子がいるらしいことはこの時の会話を聞いていてわかった。あとは、ゆうじと、かねぽん、みなみちゃんという子もいる。「まゆさん」というのは、むらさきのスカートの女のことだ。このあと「まゆさん」は、仕事中に芸能人とすれ違った話をして、子供たちから大そう羨《うらや》ましがられていた。

トレーニング終了の翌日から、むらさきのスカートの女は三十階に配属されていた。三十階は芸能人がよく宿泊するフロアでもある。各フロアには固定のスタッフがいるので、わたしが顔を出すことは滅多にない。その為、以前と比べるとむらさきのスカートの女の姿を職場で見かける機会が極端に減った。最近では、公園や商店街にいる時のほうが、むらさきのスカートの女のようすをよく知ることができる。

痴漢騒ぎの日以来、むらさきのスカートの女は、朝のバスに乗らなくなった。帰りのバスではその姿を見かけることがあるので、どうも朝だけのようだ。バス以外の通勤手段は電車か徒歩かタクシーかというところだが、いまだにそのなかのどれを利用しているのかは謎のままだ。タイムカードに打刻された時刻を見ると、ここしばらくは、以前より十五分ほど出勤時間が早まっている。朝、わたしがロッカールームに入って行くと、むらさきのスカートの女はすでに着替え終わっていて、鏡を見ながら熱心に髪をブラッシングしている最中であることが多い。むらさきのスカートの女が髪にブラシを入れるたび、フレッシュフローラルの香りがあたりに漂う。わたしのあげた試供品は五日分しかなかったはずなのに、二週間経っても三週間経っても、むらさきのスカートの女の頭からはフレッシュフローラルの香りがしている。不思議な話のようだが、そのわけは至って簡単だ。

じつは、先日、商店街のドラッグストアでシャンプーの詰め替えパックを購入しているむらさきのスカートの女の姿を目撃した。詰め替え用を買ったということは、すでに本体のボトルを購入済みということだ。よほどあの試供品を気に入ったらしい。

わざわざ購入しなくても、シャンプーなら職場でいくらでも手に入るというのに。シャンプーだけでなく、コンディショナーも、ボディーソープも、石けんも手に入る。ほとんどのスタッフが、ホテルのロゴが描かれたシャンプーボトルを自宅の風呂場に常備しているはずだ。みんなの頭からは毎日同じ匂いがする。フレッシュフローラルの香りを振りまいているのは、むらさきのスカートの女だけだ。

この間、ロッカールームで塚田チーフがそのことについて訊ねていた。「ねえ、どうして日野ちゃんはうちのシャンプー使わないの？」訊ねられたむらさきのスカートの女は、「どうしてって……」と、困った表情を浮かべていた。

「うちのシャンプー使ったらいいじゃない。これ結構いいわよ」

「うーん。そうですか……」

と言いながら、むらさきのスカートの女はまとめ髪をほどいた。

「だってさあ、これタダなのよ。備品なんだから使い放題。みんな使ってるんだから。日野ちゃんも今日から使ってみなさいよ」

「うーん」

むらさきのスカートの女は塚田チーフの手にしているシャンプーのミニボトルをチラッと見遣った。

「そのシャンプー、匂いがちょっと……」

「匂い？」

「はい。魚介類みたいな匂いしません？」

「そうかな」

「しますよ、魚みたいな、生臭い匂い。あ、違いますよ。塚田チーフから生臭い匂いがするって言ってるんじゃないですよ。あくまでシャンプーの話です。フフッ」

むらさきのスカートの女は笑ったが、塚田チーフは笑っていなかった。わたしは二人の会話を聞きながらどきどきしていた。その後、塚田チーフが無言でシャンプーのボトルをロッカーに仕舞ったのを見て、気まずい雰囲気を感じ取ったのか、むらさきのスカートの女は慌てたようすで話題を変えた。「また飲みに行きましょうよ」とか、そんな調子の良いことを言って、その場は何とか丸く収めていた。

トレーニング終了の判子をもらうのが早かったむらさきのスカートの女は、すでに新人ではなくなっていた。一人前になった時点で、先輩後輩の垣根は低くなる。たまに食堂で古参スタッフたちと噂話に興じる姿を見かけるのだが、正直、遠目からでは誰が誰だか見分けがつかない。髪型、服装、姿勢、表情、笑うたびに腰で揺れるマスターキーのカチャカチャという音。むらさきのスカートの女は、見事に周りと同調している。

だが注意深く目をこらしていれば、見えてくる。むらさきのスカートの女の本心が。むらさきのスカートの女は、心からこの空間を楽しんでいるわけではない。口は笑っていても、目が笑っていない。他のスタッフの表情がいきいきとしているのに対し、むらさきのスカートの女だけは、どこかもの悲しげな雰囲気を漂わせている。先輩たちの楽しい時間を邪魔しないように、無理矢理合わせているだけなのだ。その息の詰まりそうな空間から連れ出してあげようと、わたしはこれまでに二度ほど声をかけたことがある。「ねえねえ」と「もしもし」。二度とも、会話が盛り上がっている最中で、誰もこちらの声かけに気づかなかった。

むらさきのスカートの女が客室清掃員となって、早いもので二カ月が過ぎようとしていた。良くも悪くも、職場での立ち振る舞いが身に付いてきたということなのかもしれない。

何だか寂しい気もするが、これは仕方のないことだ。大体、女ばかりの職場で話題に上ることと言ったら誰かの噂話しかないのだから。興味が無くても、興味があるふりをするしかない。

今日はこの人、明日はあの人、という風に、対象をコロコロと変えながら噂話は止むことがない。常に誰かが誰かのことを噂している。ベテラン、新人も関係ない。わたしはほぼ全員の噂話を耳にしたことがある。そのなかにはもちろんむらさきのスカートの女についての噂話もあった。

「日野さんってさあ、入って来た時と何か雰囲気変わったよね」

「うん、うん」

「ふっくらして、明るくなったと思わない」

「思う、思う」

「入って来た時はさあ、もっと暗くて青白い顔してたわよね」

「今は健康的になったっていうか」

「うん、わかる」

そう、良い噂だ。彼女たちが言うように、この二カ月の間にむらさきのスカートの女の見た目はずいぶん変わった。一番変わったのは顔だろうか。こけていた頬はふっくらとし、血色が良くなった。一言で言うと、ちょっと太った。一見、そんなに食べているようには見えないのだが。最初の頃なんて、昼食休憩中にお茶しか飲んでいなかったので、いつか倒れるんじゃないかと心配したものだった。

食堂の自販機コーナーの横には、誰でも無料で飲めるほうじ茶の機械が置いてある。むらさきのスカートの女はいつもそれを飲んでいる。プラスチック製の湯呑みを両手で包み込むようにして持ち、少しずつお茶をすするむらさきのスカートの女のところには、思えば、初日から誰かしらが声をかけに来ていた。

「あれ。新人さん、お茶だけ？」という風に。

「はい」と答えるむらさきのスカートの女。

「まさかダイエットしてんの？」

「いえ」

「だめだよ、もっと太らなきゃ。ねえ、どれがいい？　どれか一個好きなの選んでいいよ」

ある時はドーナツをもらい、ある時はお饅頭《まんじゅう》をもらい、またある時はロールパンをもらっていた。他にもアメやガム、みかん、ビスケットなどをもらっているところを見たことがある。お茶ならわたしも毎日飲んでいるのだが、そういう経験は一度も無い。立って飲むのと、座って飲むのとの違いだろうか。むらさきのスカートの女は、いつも六人掛けの丸テーブルを前に、一人ぽつんと座って飲んでいる。少し寂しそうなその横顔が、周りの人間が手を差し伸べたくなる理由かもしれない。所長が缶コーヒーをおごるのは毎度のことだし、うどん定食を頼んだ塚田チーフが、セットで付いてきたおにぎりを分けてあげているところを見たこともある。昼食を用意して来なくとも、胃袋は十分満たすことができるのだ。誰も何もくれない時は、客室で満たせば良い。むらさきのスカートの女は、その方法を知っている。

塚田チーフや古参のスタッフたちから教わったのだろう、むらさきのスカートの女はたまに客室のなかから鍵をかけることがある。みんなやっていることではあるが、本当は、禁止されている。一人前だろうと半人前だろうと、清掃中はドアを開けっ放しにしなければならないという決まりがあるのだ。

鍵のかかった扉の向こうで、むらさきのスカートの女が何をしているのかというと、もちろん清掃をしているのだが、他にも色々なことをしている。備え付けのコーヒーを飲んだり、有料のミックスナッツやチョコレートをつまんだり、あるいは、お客さんの食べ残したルームサービスのサンドイッチを頬張ったり。あとはベッドにごろんと寝転んでテレビを観たり、そのままちょっとうたた寝をしたり、それからバスタブにお湯をはって足湯をしたり。ひょっとするとシャンパンを飲んでいるかもしれない。内鍵を開けて出てくる時のむらさきのスカートの女は、大抵口をもぐもぐさせている。

これが、「ふっくらとして健康的になった」と噂される理由だ。パサパサだった髪の毛にハリとコシが生まれたのも、単にシャンプーを変えた為だけではないだろう。人間、必要な栄養が十分に行き渡ると、ふっくらつやつやになるらしい。

また、別の場面では、むらさきのスカートの女に関するこんな噂を耳にした。

「日野さんって、美人になったよね」と、そのスタッフは言ったのだ。「整形したのかな」。これは褒め言葉と捉えて良いと思う。

「まさか。化粧でしょ」と、一緒にいた別のスタッフが言った。

「ふうん。化粧上手だね」

「うん、上手」

「仕事も速いし」

「うん、速い」

「急ぎの部屋は日野さんに任せとけば問題ないって、チーフたち言ってるよね」

「うん、だってほんとに速いもんね」

「それにしたって速すぎる、って時もあるけどね」

「まあね、それはある」

「言っちゃ悪いけど手抜いてるんじゃないかって思うこともある」

「あるある、すごくある」

「チーフも手抜きに気づいてるでしょ」

「気づいてるけど、ほら日野さん、気に入られてるから」

「なんかさあ、あいさつの仕方もチーフとあたしたちとで区別してるんだよね」

「わかる。声のトーンが微妙に違うっていうか」

「使い分けてんのよね」

「そう」

「あとワゴンの整理の仕方が雑」

「そうなの！　あの子が使ったあとのワゴン、絶対何か足りないの」

「この間なんて石けん一個しか入ってなかったわよ」

「あとから使う人のこと考えてないのよ、自分のことしか考えてない！」

その噂を耳にした数時間後、わたしはこっそりむらさきのスカートの女が使ったワゴンを整理しに行った。本人はとっくにタイムカードを押して帰ったあとだった。スタッフたちが言っていた通り、この日むらさきのスカートの女が使ったワゴンにはブラシが一本しか入っておらず、シャワーキャップに関しては一個も補充されていなかった。足りないものは明日の朝に補充するつもりでいるのかもしれないが、むらさきのスカートの女は翌日は休みとなっていた。ちなみにわたしは出勤だった。お互いの休みが重ならないという状況が、かれこれ二週間ほど続いていた。スタッフたちの噂話でしか、むらさきのスカートの女の近況を知れないのは歯がゆいことだったが、何も情報が入って来ないよりはましだった。

こうなったら来月のフロア替えに期待するしかない、そう思っていた矢先、わたしはまた新しい噂を耳にした。

今度の噂は、チーフ陣の口から飛び出したものだった。それは、にわかには信じがたい内容だった。なんと、むらさきのスカートの女が所長とつき合っているというのだ。は？　所長ってあの所長？　妻も子もいる、あの所長？　絶対うそだ。

「それがほんとなのよ」

と、浜本チーフはアメの包み紙をむきながら言った。

「見たの？」

と塚田チーフ。こちらはおかきの小袋を破った。リネン庫にしょうゆの匂いが広がった。

「見たって子がいるのよ。それも何人も。日野ちゃん、ここのところ毎日所長の車で出勤してるんだって」

「所長の車で？　ひえー」

翌朝、早速確かめに行った。結論から言うと、本当だった。本当に、むらさきのスカートの女は毎朝所長の車で出勤していた。どうりでバス停に姿を見せないはずだ。所長が直接むらさきのスカートの女のアパートまで迎えに行き、そのまま職場に直行していたのだから、バス停に現れるわけがない。

だが、つき合っているかどうかはわからない。わたしがこの目で見たのは、朝八時に所長が黒の乗用車でむらさきのスカートの女のアパートの前に乗りつけ、クラクションをブップーと二度鳴らし、その数秒後に二〇一号室の玄関扉が開き、なかから顔を覗かせたむらさきのスカートの女が下にいる所長に向かって笑顔で手を振り、その後足下に気をつけながら、しずしずと階段を下り、車の助手席のドアを開け、乗り込み、そして二人は何か短い言葉を交わし、むらさきのスカートの女がシートベルトを装着、と同時に所長が車を発進させる、というところまでだった。

職場まで送っているのは間違いない。だが、その先。毎朝同じ車で通勤するうちに少しずつ距離が縮まり、二人はつき合うようになった、と、噂ではそんな風に言われている。果たして本当なんだろうか。

日曜日。むらさきのスカートの女とわたし。三週間ぶりに二人揃っての公休日。現在の気温二十一度。湿度六十パーセント。朝から気持ちの良い青空が広がっていた。九時。むらさきのスカートの女が二〇一号室の扉を開けて外に出てきた。いつもより化粧が濃いのが遠目にもわかる。昨夜は念入りにブラッシングしたのだろうか、髪にもいつもよりツヤがある。階段を下りる時はゆっくりで、アパートの前の道に出てからは少し早足になった。靴音を響かせながら向かった先は、最寄りのバス停だった。日曜の朝のバス停には誰も並んでいなかった。今日は休日ダイヤだ。九時台にバスは二本しか来ない。

九時十四分、時間ぴったりに到着したバスに乗り込んだ。車内はガラガラ。むらさきのスカートの女は前から三番目の一人掛けの席に、わたしは一番後ろの長い席に、それぞれ腰を下ろした。むらさきのスカートの女と同じバスに乗るのは久しぶりだ。それだけで何だか嬉しい。バスが目的地に着くまでの間、むらさきのスカートの女はぼんやりと窓の外を眺めたり、鞄のなかから取り出した手鏡で熱心に自分の顔を見つめたりして過ごした。いつのまに手に入れたのか、一度だけ取り出した真新しい携帯電話は、画面を少し見ただけで、何の操作もせずに鞄に仕舞った。

九時四十五分、バスは駅前に到着。ここが目的地だった。むらさきのスカートの女は現金払い、わたしは定期券を見せて、バスから降りた。

むらさきのスカートの女はバスターミナルに隣接する商業ビルのなかに入って行った。このビルのなかに何があるのだろうと思ったら、ただの通り道だった。一階から地下に下り、また階段を上って一階に上がると、駅前に出た。飲食店や土産物店が多く立ち並ぶ場所だが、まだ開店前らしく、喫茶店が一軒開いているだけで、その他の店はすべてシャッターが下りていた。むらさきのスカートの女は、一軒だけ開いている喫茶店の扉を押してなかに入った。

店内に客は二人いた。カウンターでマスターと談笑しているグレーのニット帽をかぶった初老の男と、一番奥のテーブルで、入り口に背を向けて座っている黒の野球帽みたいなのをかぶった男。

野球帽のほうが所長だった。所長はむらさきのスカートの女に気づくと、読んでいた新聞を畳み、向かいの席に置いてあったショルダーバッグを持ち上げた。

普段、職場にも持って来ているのと同じ、黒のショルダーバッグだった。むらさきのスカートの女は空いた席に腰を下ろすと、カウンターのなかにいたマスターに向かって、ミルクティー、と言った。そのあと所長に「何食べたの」と訊いた。所長は空になった皿を見て、「オムレツのモーニング」と言った。むらさきのスカートの女はやはり空になった皿を見て、「おいしそう」と言った。

所長がチラッと腕時計を確認したのと、マスターがミルクティーを運んで来たのが、ほぼ同時だった。「もう時間だ」と所長が言った。「待って、ひと口だけ」とむらさきのスカートの女が言い、ミルクティーに口を付けた。

所長は席から立ち上がる時に、テーブルの上に置いてあったサングラスを装着した。わたしがいつもかけているのとよく似た形だったが、たぶんあちらのほうが高級品だ。こっちは百円ショップで買ってきたやつだから。

レジでは所長が支払った。モーニングBセットとミルクティーで合計八百八十円だった。

十時二十分、喫茶店を出た二人はシャッターの開き始めた通りを腕を組んで歩いた。所長はキョロキョロとあたりを気にする素振りを見せていた。反対に、むらさきのスカートの女は堂々としたものだった。所長が人目を気にすれば気にするほど、むらさきのスカートの女はからめた腕にぎゅっと力を込めているように見えた。十分ほど歩き、二人は、とある建物のなかに入って行った。「横田シネマ」と書いてある。映画館だ。

十時三十五分、むらさきのスカートの女は売店でコーラとポップコーンを買った。買ってすぐに、所長がヒョイとポップコーンに手を伸ばし、つまみ食いをした。むらさきのスカートの女は「もー」と言った。所長はハハハと笑った。映画館に入った途端、所長はくつろいだ表情に変わっていた。

二人が買ったチケットは「スピード」と「ダーティハリー」の二本立てだった。わたしは「スピード」だけ観たことがある。面白い映画だったと思う。昔のことなのであんまり覚えていないのだが。

十時四十五分、映画が始まった。一本目は「スピード」だった。観ているうちに少しずつ思い出してきた。爆弾を仕掛けられたのは電車だと思っていたが、バスだった。と思ったら最後に電車も出てきた。むらさきのスカートの女は買ったポップコーンには手を付けず、ずっとスクリーンに釘付けになっていた。反対に、所長は終始落ち着きがなかった。ポップコーンを食べたり、コーラを飲んだり、顔をかいたり、むらさきのスカートの女の肩に自分の鼻をぐりぐりと押しつけて肩の匂いを嗅いだり（そう見えた）、首の運動をしたり、大あくびをしたり、挙句の果てにいびきをかいて眠ってしまった。むらさきのスカートの女は一度だけ所長の寝顔を見たが、あとはずっと正面を向いていた。

午後〇時四十五分、「スピード」が終わった。今から十五分の休憩を挟み、一時から「ダーティハリー」が始まる。どんな映画なのだろう。楽しみだ。

と、ここで二人が席を立った。トイレだろうと思っていたが、一向に戻って来なかった。ようすを見にロビーへ出たら、窓の外に、駅の方角へ向かって歩いて行く二人の後ろ姿を見つけた。慌ててあとを追った。

朝と打って変わって、通りは人でごった返していた。むらさきのスカートの女は、所長に特技を披露した。

「見ててね」。そう言うと、所長に背を向け、スケート選手みたいにスイスイスイと人混みのなかをすり抜けて行った。

「あはは、うまい、うまい」。所長が遠くから拍手した。むらさきのスカートの女はニコッと笑って振り返り、所長が歩いて来るのを待った。所長が追いつくと、また、スイスイスイとすり抜けて行った。再び立ち止まり、振り返って、ニコニコとしながら所長が追いつくのを待った。そんなことを繰り返していた。所長はむらさきのスカートの女が背を向けている間に、何度も帽子をかぶり直した。

午後一時、駅前にあるチェーンの本屋の店先で、二人は並んで立ち読みをした。所長は表紙に「ラーメン特集」と書かれた月刊情報誌を、むらさきのスカートの女は映画雑誌をそれぞれ一冊ずつ手に取った。むらさきのスカートの女は自分の雑誌は一切見ずに、所長の開いたページばかりを覗き込んでいた。会話は聞こえてこなかったが、おいしそー、と、口元がそう言っていた。昼はラーメンかもしれない。

一時十分、本屋をあとにし、二人が向かった先は駅前の繁華街から一本外れた路地の奥にある、二十四時間営業の居酒屋だった。昼はラーメンじゃなかった。

所長は、「どーもー」と言いながらのれんをくぐった。日曜の昼間から(日曜の昼間だから、なのか)、店内はお客さんでいっぱいだった。わたしはカウンターのすみに腰かけた。

スイマセーン、と所長が店員を呼んだ。これと、これ、これと、これ。仕切っているのは所長だった。むらさきのスカートの女は黙っていた。お客さんの話し声に混じって、たまにハハッと所長の笑い声が耳に届いた。むらさきのスカートの女の声はほとんど聞こえてこなかった。どうやら所長はこの店の常連らしい。店に入って一時間後には、奥にいた店員に向かって、スイマセーン、こっちにいつものピリ辛ちょうだい、とそんな頼み方をしていた。いつものピリ辛とは何だろうと思っていたら、メンマのことだった。

所長はガブガブ飲んでいた。むらさきのスカートの女がサワー二杯を飲み干す間に、生ビールを六杯おかわりしていた。途中、隣のテーブルの酔っ払いから「おたくらどういったご関係?」と訊ねられていた。「当ててみてください」と赤い顔をした所長が言った。「うーん、親子!」と酔っ払いが言った。「正解!」と所長が言った。二人はキムチ雑炊を注文した。これで締めるのかと思っていたら最後に焼きおにぎりを一個頼んだ。それを箸でつつき合って食べていた。

四時四十五分。二人は三時間半も飲み食いしていた。居酒屋を出ると繁華街に戻り、駅前を通り過ぎ、どこにも寄らずにそのままバスターミナルへと向かった。むらさきのスカートの女の足取りはしっかりとしていたが、所長のほうは見ていて危なっかしかった。寄り添って歩く二人のあとを尾《つ》けながら、わたしは何度か後ろを振り返った。先ほどの居酒屋で、生ビール三杯とえのきバターとホタルイカの沖漬けを頼み、会計をせずに出てきたからだった。店員が追いかけて来るのではないかと気にしていたのだが、誰も追いかけて来なかった。

五時一分。バスターミナルのベンチに腰を下ろした所長に、むらさきのスカートの女は何か短い言葉をかけた。そのまま近くの売店へと向かい、スポーツドリンクを一本手にして戻って来た。所長の横に腰を下ろすと、キャップを開けて手渡した。所長が最初に一口飲み、そのあとは代わる代わるにペットボトルに口を付けた。

バスはすぐに来た。五時五分。だがそれには乗らなかった。青い顔をした所長が、顔の前で手を振ってむらさきのスカートの女に何か訴えていた。「今乗ったら吐きそう」。その直後、所長はトイレに駆け込んだ。むらさきのスカートの女は一人ぽつんとベンチに腰かけ、スポーツドリンクの最後の一口を飲んだ。飲み終えると、下を向いて爪を見ていた。その姿が、わたしの小学校時代の友達、めいちゃんに似ていた。

五時十五分、所長はスッキリした顔で戻って来た。やあ、ゴメン、ゴメン、とハンカチで口元を拭きながら謝っていた。入れ違いにむらさきのスカートの女がトイレに立った。残された所長は携帯電話をいじり始めた。途中、パッと顔を上げ、手のひらで顔と頭部をぱたぱたと触った。「ない、ない」と言っていた。所長は脇に置いていたショルダーバッグのファスナーを開けた。今度は「あった」と言った。取り出したのは野球帽だ。すぐにかぶった。所長はなおもバッグのなかを探り続けた。ない、ない、ない。

今度はいくら探しても無かった。所長が探しているのはサングラスだった。先ほど居酒屋のテーブルのすみに置き忘れてきたのだ。じつはわたしが今かけているのが、その忘れてきたサングラスだったりする。やはり百円ショップの商品とは違う。大きいのに、空気みたいに軽い。そしてつるの内側には金の文字でＴＯＭＯＨＩＲＯと名前が刻まれている。

いくら探しても見つからないので、所長はついに諦めた。ショルダーバッグを閉じると、サングラスが無いことをカバーするかのように、帽子をより目深にかぶった。五時三十五分、バスが来た。車内の座席はラケットを持った女子高生に占領されていた。むらさきのスカートの女が所長にもう一本見送るか訊ねると、所長は「乗ろう」と言った。

二人の次の次の次に、わたしも乗り込んだ。車内では狭い通路に並んで立つ二人と、ちょうど背中合わせになる位置に着くことに成功した。これだけ密着していればかえって気づかれないものだ。背中越しに聞こえてきた会話は、こんな内容だった。

むらさきのスカートの女「姪っ子の誕生日プレゼント、何にしようかなあ」

所長「まだ決めてないの」

むらさきのスカートの女「うん」

所長「ぬいぐるみは」
むらさきのスカートの女「ぬいぐるみねえ」
所長「一歳だろ」
むらさきのスカートの女「それは甥っ子。姪っ子は六歳」
所長「そうだっけ」
だから何、という話だ。二人は飽きもせずに延々誕生日プレゼントの話を続けた。最終的には「姪っ子が何を欲しがっているか、実家に帰った時に兄貴に直接訊いてみる」という結論が出た。「兄貴」とは、むらさきのスカートの女の兄のことであるらしい。
所長にも来年小学生になる娘さんがいるはずだが、そちらが話題に上ることは一切無かった。まさか所長が子持ちだということを、むらさきのスカートの女が知らないはずは無いだろう。こちらは、むらさきのスカートの女が、実家と兄貴と姪っ子と甥っ子を持っていることを初めて知ったわけだが。
六時五分、二人はバスを降りた。いつものバス停、見慣れた風景。わたしの数メートル先を、二人は手を繋いで歩いた。横断歩道を渡り、アーケードをくぐって少し進むと、お馴染《なじ》みのパン屋に入った。むらさきのスカートの女は手にしたトレーに、クリームパンを二つと、パック詰めされたサンドイッチを載せた。レジでは、むらさきのスカートの女が支払った。全部で七百四十円だった。

この時点で、まだ誰も気づいていなかった。この寄り添って歩くカップルの、女のほうが、じつはむらさきのスカートの女だとわかった時、商店街の人たちはどんな反応を示すだろう。

『あの、むらさきのスカートの女が、男を連れて、帰って来た！』

わたしが想像するに、おそらく最初に気がつくのは一人の通行人だと思うのだ。彼は大わらわで近くの店に駆け込み、店の主人に鼻息荒く報告するだろう。店の主人は隣の店の主人に伝え、隣の店の主人はそのまた隣の主人に伝える。お客さんは買い物そっちのけで店の外に飛び出していき、ただの通行人は向こうからやって来る二人の為に素早く道を空ける。商店街はバージンロードさながらだ。誰かが堪《こら》え切れずに『おめでとう！』と叫ぶ。それまで看板の陰に隠れていた子供たちがピョンピョン飛び出てきて、ピューピューと指笛を吹き鳴らす。『これ持って行きな！』魚屋は尾頭付きの鯛を、花屋はバラの花束を、酒屋は一升瓶をそれぞれむらさきのスカートの女の胸に押し付ける。いつのまにスタンバイしていたのか、テレビカメラが二人の顔をアップで捉え、インタビュアーが『今のお気持ちを！』とマイクを向ける。むらさきのスカートの女がカメラ目線になったその瞬間、画面の端にほんのわずかな隙間ができて、一瞬何かが映り込む。何だあれは。

『アッ』

『黄色いカーディガンの女だ！』

パン屋を出た二人は、再び手を繋いで歩き始めた。そのまま十メートルほど進んだが、まだ気づく人はいなかった。

その後二人は手を繋いだり腕を組んだりしながら、ドラッグストアの前を、乾物屋の前を、魚屋の前を通り過ぎ、肉屋の前を、八百屋の前を、花屋の前を、酒屋の前を通り過ぎて行った。通行人も、店の主人も、買い物客も、商店街の人たちはとうとう誰一人として、今、目の前を通り過ぎて行った女がむらさきのスカートの女だと気づかなかった。

誰にも気づかれないまま、二人は商店街を抜け、夜の住宅地へと入って行った。そしてその晩、所長はむらさきのスカートの女の部屋に泊まった。

翌日は第一月曜日だった。

第一月曜日と言えば、マネージャーが朝のミーティングに顔を出す日だ。

「バスタオル十枚、ハンドタオル十枚、バスマット五枚、カップとソーサー十セット、ワイングラス五つ、シャンパングラス五つ、ティーポット三個」

いつになく険しい表情で、マネージャーは手にしたメモを読み上げた。

「ゲストが持ち帰っているのか、ホテル内で紛失しているのかは定かではありませんが……」

マネージャーはここで言葉を切ると、わたしたち一人一人の顔をじっくりと見回した。

「先月だけで、これだけの量がなくなっているのです。さすがにどこかに紛れ込んでいるとは考えにくい。意図的に、何者かが持ち去ったと考えざるを得ません。各フロアのチーフだけでなく、今日からは清掃スタッフもチェック表を持ち歩き、入室時には必ず記入すること。よろしいですね」

マネージャーが立ち去ったあと、スタッフたちは早速文句を言い始めた。

「あの言いかた。あたしたちのこと疑ってんのかしら」

「偉そうに。何が二重チェックよ。自分の目で確かめに来たらいいじゃないの。ねえ」

「ほんとよね、大体カップやらグラスやら十個も二十個も盗んだところでどうするっていうの？　家で使うの？」

「いらないわよねえ、あんなの」

「所長がへこへこしてるから、マネージャーがどんどんつけ上がっていくんだわ」

「所長のほうが年上なんでしょ？　たまにはビシッと言ったらいいのに」

「無理無理、あの所長じゃ。頭んなか、お花畑なんだから」

「……ねえ、気づいてる？　今日、あの二人、揃ってお休みしてんのよ」

「昨日もよ」

「げー。よくやるわ」

「所長のコレ、時給いくらもらってるか知ってる？」

「いくら」

「千円よ、千円！」

「せんえん？　それってチーフたちより高いんじゃないの！」

「その話ほんとなの」

と、それまで黙って話を聞いていた塚田チーフが、身を乗り出した。「所長のコレが、千円もらってるっていうのは」

真相は定かではないのだが、むらさきのスカートの女が千円もらっているという噂は、あっというまに広まった。その結果、本人の知らないところで更に多くの敵を作ることとなった。二人の関係が囁かれるようになってから、誰もむらさきのスカートの女のことを「日野ちゃん」と呼ばなくなっていたのだが、今度はチーフ陣を始めとするスタッフ全員が、むらさきのスカートの女のことを無視するようになったのだ。

無視をされたところで大して支障が出ないのが、この仕事の良い面でもあった。とっくにトレーニングを終えているむらさきのスカートの女は、一日中誰とも口をきかなくとも、一人で与えられた仕事を終わらせることができた。誰かとコミュニケーションを取る必要など一切なかった。むらさきのスカートの女は、いつも平気な顔をして歩いていた。

スタッフと廊下ですれ違っても、平気な顔のままだった。相手が先輩であっても、それは変わらなかった。ある時、エレベーターに乗ろうとしたら、なかから飛び出してきたむらさきのスカートの女とぶつかりそうになるというハプニングがあった。実際には、むらさきのスカートの女が手にしていたゴミ袋が、わたしの体の正面にドンと当たったのだ。その衝撃でバランスを崩したわたしは、床に尻餅をついてしまった。むらさきのスカートの女はこちらには目もくれず、無言でその場から立ち去った。

床のゴミを拾うふりをしたあと、わたしは気を取り直してエレベーターに乗り込んだ。すると、なかは甘い匂いが充満していた。むらさきのスカートの女が付けている香水の匂いだった。塚田チーフに言わせると、「腐ったバナナみたいな匂い」ということになる。「所長のコレがいた場所は一発でわかるわ。臭いから!」

所長の趣味なのだろうか。香水だけでなく、むらさきのスカートの女はたまにマニキュアを塗って出勤するようにもなった。もちろん禁止されている。見かねた浜本チーフが注意をしたら、むらさきのスカートの女は無言でその場から立ち去った。もはや、どちらが無視をして、どちらが無視されているのかわからない。

ちなみに、所長がむらさきのスカートの女の部屋に泊まったのは、あの日限りのことではない。あのあとも、何度かアパートを訪れている。デートのあと、そのまま泊まっていくこともあれば、仕事終わりに車でやって来ることもある。メモで確認してみると、先々週の月曜日は泊まった。火曜日は泊まっていない。水曜日も泊まっていない。木曜日、泊まった。金、土、日は、泊まっていない。今週に入って、月曜日は泊まった。火曜日、泊まってない。水曜日、泊まってない。木曜日、泊まるかと思ったら二時間だけの滞在で帰って行った。

月曜と木曜に関しては、泊まる泊まらないに拘わらず、所長がむらさきのスカートの女の部屋を訪ねる約束でもしているのかもしれない。

泊まった日の翌日は、むらさきのスカートの女の香水の匂いは一段ときつくなる。むらさきのスカートの女が食堂の扉を開けて入って来ると、スタッフたちは、顔をしかめ、鼻をつまみ、示し合わせたように揃って席を立つ。むらさきのスカートの女は平気な顔をして、空いたばかりの六人掛けテーブルに一人腰かけ、無料のほうじ茶を飲んでいる。

職場ではこんな調子で、プライベートではどうかと言うと、こちらもやはり変化があった。所長とつき合いだしてから、むらさきのスカートの女は、公園にぱたりと姿を見せなくなったのだ。「今日もまゆさんいないねー」と、公園に来るたびに残念そうな顔をしていた子供たちは、二週間も経つ頃には、「まゆさん」の名前を口にすることはなくなっていた。流行りの遊びは、いつのまにか一輪車にとって代わった。一輪車は全員が所有しているわけではなく、全部で二台しかなかった。これを代わる代わるに漕いだり、チームに分かれて公園内をリレーしたりと、彼らなりに工夫して遊んでいた。リレーが白熱すると、公園の外に飛び出していくこともあった。車にクラクションを鳴らされようと、通行人に疎ましがられようと、子供たちは構わず一輪車リレーを楽しんでいた。小学校まで行って、また公園に戻って来るというコースなのだが、その途中にあるコンビニの公衆電話の前にいつも立っている香水臭い女の人がいて、それがあの「まゆさん」だとは、彼らはまったく気がついていなかった。

今や、「まゆさん」の指の爪は赤く塗られて、とんがっている。そのとがった爪で、「まゆさん」は公衆電話のボタンをプッシュする。プッシュしては、切る、プッシュしては、切る、を繰り返す。プッシュしては切る、プッシュしては切る、プッシュして、しばらく待ってから切る。切ったあとに舌打ちをする。休みの日は一日がかりだ。早朝、深夜、時間は問わない。せっせ、せっせ、せっせ、と飽きることなく、プッシュしては切る。おかげでわたしまで所長の家の電話番号を覚えてしまった。

現在、むらさきのスカートの女は悩みの真っただ中にいる。

むらさきのスカートの女は、四六時中、一人で悩んでいる。悩んでいることは、誰にも相談できない。むらさきのスカートの女には、悩みを相談する相手がいない。むらさきのスカートの女には、まだ、友達がいない。

所長とのことは、意地でも隠し通そうという気でいるらしい。職場で面白半分に訊かれたら、怒りながら否定するそうだ。

「つき合ってませんっ！　だってさ」

「わはは。今の顔、似てる」

「あれで隠してるつもりかね」

「やらしいよねえ」

「あの子さあ、清掃する時、なかから鍵かけるでしょう。あれ気持ち悪いよね。なかで何してるかわかったもんじゃないよ」

「所長が隠れてたりして。アハハ」

「しっ」

むらさきのスカートの女がエレベーターに乗って来ると、みんな一斉に黙り込む。むらさきのスカートの女が降りた途端に喋りだす。

「くっさー！　腐ったバナナの匂い！」

「見た？　あの爪！　血みたいな色！」

「知ってる？　マネージャーが直々に説教したって話。今度就業規則破ったらクビにするって」

「とっととクビになればいいのよ。だってあの子時給いくらもらってるか知ってる？」

「いくら」

「それがさあ、千五百円だよ、千五百円！」

噂はどんどん大きく、膨らんでいった。むらさきのスカートの女にまつわる噂が出れば出るほど、スタッフたちは絆を強めていくようだ。

これ以上、「所長のコレ」にのさばらせておくわけにはいかない、あいつがクビにならないなら、みんなで本社に直談判《じかだんぱん》しに行こう、という話まで持ち上がった、そんな矢先に、事件が起こった。

とある小学校のバザーに出品された品物が、ホテルの備品ではないか、という通報があったのだ。

　通報者は匿名だった。すぐに現場のバザー会場に駆け付けたホテル関係者が、確かに、うちのホテルからなくなったものだと確認した。品物は、バスタオルが十枚と、ハンドタオルが十枚、バスマットが五枚……。先月中に紛失したとされる備品の数とぴったり合っていた。

　品物を販売していたのは、この小学校に通う子供たちだった。

「ぼくたち、店番たのまれただけなんです」と、子供たちは口を揃えて言ったらしい。おこづかいあげるからって、女の人にそう言われて……。

「あなたがたを疑っているわけではありません」

　月曜日。今月二度目のミーティングの場で、いつもより妙に穏やかな表情で、マネージャーは話し出した。

「客室に出入りするのはあなたがた清掃員だけではありません。ゲストはもちろん、ベル、ルームサービス、エンジニア、まったく関係のない、外部の人間が出入りする可能性だってあります。わたしは、みなさんに、前回とまったく同じことを言うために、今日この場に立っているのです。どうか、備品の数をチェックしてみてください。そして欠品に気づいた時は、速やかに上司に報告してください。欠品に気づいているのに報告しない人、欠品があるとわかっていながら、チェック表に○を付ける人、つまり欠品の事実を隠そうとする人、それは一体なぜなのでしょう。お願いです。正直に言ってください。今なら、罪に問うことはありません。ただ、いくら待っても誰も名乗り出ないとなると、こちらとしても窃盗《せっとう》事件として警察に捜査を依頼せねばなりません。繰り返します。今なら、罪には、問いません。支配人も同意見です。以上です。このあとわたしに何か質問がある方は、わたしのPHSを鳴らしてください。二十四時間応答します。秘密は守ります」

疑っていないとか言っときながら、あたしたちのこと思いきり疑ってるじゃん！　と、いつもなら言い出しかねないチーフ陣が、今回はおとなしかった。チーフ陣も、マネージャー同様に、このなかに犯人がいると思っているようだ。チーフに限らず、スタッフ全員が、ある人物に対してそんな疑いを持っていた。それにはちゃんとした理由があった。現場となった小学校は、その人物の住むアパートのすぐ近所だったのだ。

「絶対、日野さんだと思うのよ」

「うん、うん」

「あの子の家、あの近くなんでしょ。日野さんしかいないじゃない」

「所長はこのこと知ってんのかしら」

「まさか所長が裏で操ってたりして」

「何のために」

「そりゃあ、お金が欲しいからに決まってるでしょ」

「バザーの収入なんてこづかい程度にしかならないんじゃないの」

「つまり、よっぽどお金に困ってるってこと？」

「奥さんと離婚するのに必要なんじゃないの」

「えっ。離婚するの？」

「だって、新しい女がいるじゃない」

「しないわよ、離婚なんて。こないだも結婚十周年の記念に家族で石垣島旅行いってきたって、聞いてもないのに嬉しそうにしゃべってきたもん」

「あらー。じゃあ、あの子は捨てられるのね」

「所長を困らせたくて、そういうことしてるのかも」

「なるほどねー。ありうる」

「しっ。来た」

エレベーターホールに無言で現れたむらさきのスカートの女は、相も変わらず平気な顔をしていた。

それを面白く思わなかったのか、塚田チーフがボソッと言った。「……泥棒」

「何ですか」

と、むらさきのスカートの女が声のしたほうへ顔を向けた。久々に示した反応だった。「わたし、何も知りませんけど」

「そう、知らないの」

と塚田チーフが言った。「あんたの家の近くの小学校で起こったことなのに?」

「だから何だって言うんですか」

むらさきのスカートの女は塚田チーフを睨みつけた。

「……あなた、いつも清掃中になかから鍵かけてるよね」

と言ったのは浜本チーフだった。

「あなた、部屋のなかで、いつも一体何してるのよ」

「何って、別に何も……」

「何してるのかって聞いてるの」

と塚田チーフが言った。

「……コーヒー飲んでます」

むらさきのスカートの女は小声で言った。

「備品の？」

「はい」

「それだけ？」

「……お菓子食べたり」

「それは、有料のお菓子ね」

「……そうですけど」

「聞いた？　有料のお菓子だって」

サイテー、サイテー。その場にいた人間が口々に囁いた。

「ちょっと待ってくださいよ。みんなやってることじゃないですか。わたしだけじゃありません。塚田チーフだって」

「あたしが何よ」

「塚田チーフから、一番初めに教わりました。コーヒー飲んだりする時は、なかから鍵をかけろって。有料チャンネルつけたらフロントにばれるけど、有料のお菓子ならこっちでどうとでも誤魔化せるから、たまにならご食べても大丈夫だって。ねえ、そう言いましたよね。わたしは言われた通りにしてるだけで」

塚田チーフはため息を吐いた。

「やれやれ。人のせいにするんだね」

「言ったじゃないですか！　シャンパン飲みながら仕事してるチーフもいるくらいだからって、ほら、あなた、橘チーフのことですよ！　鞄から覗いてるその水筒、中身はシャンパンなんでしょう！」

「あなたあれ本気にしてたの？」

浜本チーフが目を丸くした。「おっかしいね。冗談に決まってるじゃない！」

みんな一斉に笑い出した。橘チーフ本人も、腹を抱えて笑っている。「いくら酒好きのあたしでも、さすがにそんなことしないわよ～」

すると突然、むらさきのスカートの女は橘チーフの提げている鞄に手を伸ばし、それを奪い取った。

「あっ。何するのよ！」

なかから水色の水筒を取り出すと、キャップを開けて匂いを嗅いだ。

「返しなさいよ！」

古参スタッフの一人がむらさきのスカートの女の手から水筒と鞄を奪い取り、橘チーフの元へ返した。

「いきなり何なの？　失礼なことするわね」

「中身は麦茶よ。お酒じゃなくて残念だったわね」

橘チーフは水筒のキャップを閉めながら、呆れたように鼻をフンと鳴らした。

「ねえ、そんなに疑うなら全員の水筒の中身、チェックしてみたら？」

と塚田チーフが言い出した。「まずはあたしの水筒から」

塚田チーフは手提げ鞄のなかから自分の水筒を取り出すと、むらさきのスカートの女の鼻先に突き付けた。

「あたしのもどうぞ」「あたしのも」「ほれ、あたしのも」「次はあたしの」

みんな次々に鞄のなかから水筒やペットボトルを取り出し、キャップを開け、むらさきのスカートの女の顔の前に突き出した。

顔をぐるりと包囲されたむらさきのスカートの女は、身動きが取れなくなった。目の前に並ぶ水筒の数々を、黙って睨みつけていた。

しかしよく見ると、小鼻をひくひくとさせていた。お酒が入っていないか、律儀にも一つ一つ匂いを嗅いで確かめているらしかった。その姿が、またしてもみんなの笑いを誘った。

「ねえ、この子、正気なの？」

まだ、朝の九時を回ったばかりだ。仕事が始まるのはこれからなのだ。むらさきのスカートの女の顔を囲む水筒のなかに、お酒の匂いのするものは一つも無かった。

最後に、むらさきのスカートの女は、少し離れたところにある水筒に顔を近づけようとした。すると、笑い声がひときわ大きくなった。

「ばかね！　その人は下戸なのよ！」

その声に、それまで下を向いていたむらさきのスカートの女が、つと顔を上げた。

「ほら！　見るからに一滴も飲めませんって顔してるでしょ！」

その間約一秒。わたしたちは、初めて目と目を合わせた。

先に目を逸《そ》らしたのは、むらさきのスカートの女のほうだった。ふたが閉められたままの水筒に視線を戻し、だがそれ以上近づこうとはしなかった。

「さあ、これでわかったでしょ」

と塚田チーフが言った。「このなかに、後ろめたいことをしてる人間は一人もいないの。あなた以外にはね」

「人の粗探しする前に、とっとと自分のやったことを認めなさいよ」

「そうよ。マネージャーも今なら罪には問わないって言ってるじゃない」

「それとも何、あたしたちに通報してほしいわけ？」

「何よ、その目」

「文句あるの」

むらさきのスカートの女は、しぶとく周りを睨みつけていたが、突然体の向きを変えたかと思うと、通用口に向かって走り出した。

「あっ、ちょっと、どこ行くのよ！」

「これから仕事なのよ！」

むらさきのスカートの女は、それきり戻って来なかった。

その日の夕方、仕事を終えたわたしは、むらさきのスカートの女の暮らすボロアパートへと向かった。

てっきり自宅にいると思っていたのに、部屋には明かりがついていなかった。玄関扉の前で耳を澄ませてみたが、なかからは物音一つ聞こえてこなかった。しばらく塀の陰でようすを見ていた。そのまま三十分が過ぎ、公園にでも行ってみようかと立ち上がりかけたその時、一台の車がひとけのない道を通ってこちらに向かって来るのに気がついた。

車はアパートの前で停車した。すっかり見慣れた黒の車体。今日は月曜日だ。わたしはメモに○をした。

運転席の扉が開き、所長が姿を現した。所長の丸みを帯びた人影が、アパートの外階段をゆっくりと上って行った。

所長は二階の一番奥の部屋の前で足を止め、静かに扉をノックした。およそ十分間、繰り返しノックし続けた。すると、それまで真っ暗だったガラス窓がパッと明るくなった。扉が開き、隙間からむらさきのスカートの女の顔が半分覗いた。留守じゃなかった。

たのか。

一言、二言、その場で言葉を交わしたあと、所長は玄関の奥へと進もうとした。それをむらさきのスカートの女がきつい口調で制した。「勝手に入って来ないでよ！」続いて、石垣島がどうとか言った。結婚十周年記念の石垣島旅行のことだ。どうやら、今朝チーフたちが噂しているのを耳にして、初めて旅行のことを知ったらしい。

「今はそんなこと関係ないだろう！」

と所長が怒鳴った。

「関係なくないじゃない！」

とむらさきのスカートの女も怒鳴った。

「そんな話をしに来たんじゃないんだよ！」

と所長。

「じゃあ何しに来たっていうのよ！」

とむらさきのスカートの女。

「盗品のことだよ」

と、ここで所長は声のボリュームを落とした。

「あなたまでわたしを疑うの？」

「だって、きみ……」

所長は、チラッとむらさきのスカートの女の部屋のなかをうかがった。

「きみの部屋には、あるじゃないか。カップとか、グラスとか……」

「これは自分で使う分よ」とむらさきのスカートの女が言った。「売ったりなんかしないわよ」

「それに、ほら、盗品が売られていた小学校は、このアパートのすぐ近くだろ」

「そんなことしないって言ってるじゃない！」

「しっ、静かにしろよ。落ち着けよ」

「他の誰かがバザーに出したって、どうして考えられないの？　何でわたしだって決めつけるのよ。わたしのこと、もう好きじゃなくなったからでしょう、そうなんでしょう！　だから奥さんと石垣島に旅行なんか」

「石垣島の話は今は関係ないだろう！」

パチンという音がした。所長がむらさきのスカートの女の頬をひっぱたいたのだ。

「痛あい！」

むらさきのスカートの女が叫び声を上げた。「痛いよ、痛いよ！」

「ご、ごめん、悪かった。ごめんって。頼むから静かにして、ちょっとだけおれの話を聞いてくれよ。……じつは、おれも疑われてるんだよ。きみとの関係を勘ぐられて、ぐるなんじゃないかって陰で言われてる。おかしいだろ、あり得ないだろ、何でおれがバザーなんか……。ああ、まいったなあ、とんだとばっちりだ」

「とばっちりって……」

「だってそうじゃないか。おれが何をしにここに来たかわかってるだろ？　え？　わからないの？　じゃ、言おうか。きみに証言をお願いしに来たんだよ」

「証言？」

「そう。おれは関係ないって、全部一人でやりましたって、マネージャーにそう証言してくれよ」

「はあ？」

むらさきのスカートの女の声が一段と大きくなった。「わたし、何も、やってないんだけど！」

「いや、それは嘘だよ」

「嘘じゃないわよ！」

「嘘だ、嘘をつくな！　きみは普段から近所の小学生たちにホテルのお菓子や果物を配ってたじゃないか。あれだって立派な備品なんだぞ。いや違う、ゲストのものだ。きみはゲストのものを盗んで小学生に横流ししていたということだ。バザーでグラスやタオルを売ってたのも小学生だ。知ってるか。その小学生は女に頼まれたって言ってるんだぞ。当然知ってるはずだよなあ」

「知らない！　知らない！」

「きみは従業員の立場を利用して転売を」

「うるさい、うるさい！　何が従業員の立場だよ！　急に上司ぶらないでよ。何よ、こっちだって知ってるんだから。あなた、売り止めになった客室で毎日昼寝してるでしょう。なかから鍵かけて、目が覚めたら備え付けのコーヒー飲んで、汚れたカップはそのままにしてるでしょう」

「何だそんなこと、それくらいのこと誰だってやってるだろ」

「まだあるわよ。いつだったか、女優の五十嵐レイナが泊まった時に、あなた五十嵐レイナの下着を盗んでなかった？」

「エッ……」

「やっぱりそうなのね！　五十嵐レイナの客室の前で背中丸めてこそこそしてたから何してんだろうと思ってたの。ドアノブにかかってたランドリーバッグを開けて、何か探ってたわよね。あなたはなかから赤いひらひらしたものを取り出して、それを自分のズボンのポケットに仕舞ったのよ！　あれってパンツなんでしょう！　やだ！　信じられない！　最低！　変態！　変態！」

「や、やめろ」

「変態！　変態！　変態野郎！」

「やめろって言ってるだろ」

「痛い！　はなして！　こうなったら全部ばらしてやる！　奥さんにも、本社にも、マネージャーにも！」

「やめろ！」

所長はむらさきのスカートの女の肩を摑んだ。

「やめろ！　やめろ！　そんなことしたらただじゃすまないぞ！」

所長は、むらさきのスカートの女の首がガクガクと音を立てるほど、前後に激しく揺さぶった。しかしむらさきのスカートの女も負けていなかった。隙を見て手を振りほどくと、姿勢を低くし、所長の腹をボコボコと殴り始めた。所長がウッと呻いてよろめいたその隙に、股間を蹴り上げ、さらに顔を平手打ちした。所長は外廊下の手すりを両手で摑んで体勢を整えようとした。しかし錆びて劣化した手すりには、所長の体重を支える力はもはや残っていなかった。ペキペキという音を立てながら根元から折れ、所長はまっさかさまに地面に落ちた。

打ち所が悪かったのか、所長は茶色い土の上に横たわったまま、ぴくりとも動かなかった。

むらさきのスカートの女が震えながら階段を下りてきた。

「と、ともくん……」

横たわる体のそばに跪《ひざまず》き、手を伸ばした。

「ともくん……、ともくん……」

所長の名を呼び、肩や背中を揺さぶった。

「ともくん……、ともくん……、ともくん……、ねえ、ともくん、しっかりしてよ、ねえ、ともくん！　ともくん！　ともくん！　ともくん！　ともくんってば！」

「しー。静かに」

と、わたしは言った。

むらさきのスカートの女がこちらを向いた。その顔は真っ白で、涙と鼻水でびしょびしょになっていた。

「ちょっと見せてくれるかな」

わたしは、所長とむらさきのスカートの女の間にしゃがみ込んだ。

まず、所長の右の手首を持ち上げて、それから左手首を持ち上げた。所長のあごの下に指を二本当て、口元に耳を近づけた。むらさきのスカートの女は黙ってそのようすを見ていた。わたしは少しの沈黙ののち、顔を上げ、言った。

「これは、残念だけど、死んでるわ」

むらさきのスカートの女が呟《つぶや》いた。聞き取れないほどの小さな声だった。うそ……、と言ったようだ。

「うそ……、うそよ……」

「打ちどころが悪かったんだと思うわ。心臓が完全に止まってる」

「いや……、いやよ、いや、うそよ、ねえうそでしょう。うそよ、うそよ」

わたしは首を振った。「残念だけど」

「やだ、やだ！　ともくん、お願い、目を覚まして！　ともくん！」

むらさきのスカートの女が、所長の体を再び激しく揺さぶり始めた。わたしはその手首を掴み、「そんなことをしても所長は生き返らないのよ！」と言った。

「しっかりしてよ、現実を見てよ、所長は死んだの。あなたがやらなければならないことは、死んだ所長を生き返らせることじゃない。あなたがやらなければならないことは、今すぐに、ここから逃げることよ」

「逃げる……？」

「そう」わたしはうなずいた。「もたもたしてる場合じゃない。もうすぐ警察がここへ来るわ」

「警察……？」

「さっき、近所の人があなたの叫び声を聞いて通報したの。逃げなくちゃ。警察がここへ来る前に」

「あ、あの……？」

「ほら早く！」

「で、でも」

「でもじゃない！　いい？　今からあなたはバス停に向かって走るのよ。八時二分の、小森車庫行きのバスがあるからそれに乗るの。あと四分しかないけど元陸上部のあなたなら全力で走れば間に合うはずよ。予定では駅前に到着するのが八時三十四分。そこから今度は電車に乗り換えるの。特急山阪行きってのを見つけたらそれに乗って。山口の山と大阪の阪で山阪ね。西口のコインロッカーのなかに黒の手提げ鞄が入ってるから、それを持って行くのを忘れないでね。鞄のなかに小銭入れとタオルと二、三日ぶんの着替えが入ってる。小銭入れの内側のポケットに小さく折り畳んだ五千円札が入ってるから切符はそれで買ってくれる？　ロッカーのなかには他にもボストンバッグとか大きなリュックとかスーパーの袋とか色々入ってるんだけど、あとで全部わたしが回収するからそのままにしておいて」

「あ、あの……」

「わたしも同じ電車に乗って行きたいけど、わたしの足じゃ今からどんなに頑張ったって八時二分のバスには間に合わないわ。心配しないで、わたしは二十二分のバスに乗って行くから。電車もあなたのより一本か二本は遅れると思う。大丈夫。すぐに追いつくから。こういう時って二人で行動するより別々に動いたほうが目立たなくて良いと思うし。あ、お腹が空いたら小銭入れのなかのお金で駅弁でも買って食べてね。あとは、そうそう、降りる駅の名前を言ってなかったたね。特急だから途中三駅しか停まらないの。あなたが降りるのは三駅目の三徳寺《さんとくじ》駅。三と三で覚えやすいでしょ。改札を出てすぐ目の前にホテル高木っていうビジネスホテルが見えると思う。ビジネスホテルって言ってもトイレとシャワー共同の簡易宿泊所なんだけど。今夜はそこに泊まってくれる？　チェックインしたら先に休んでてくれていいからね。おっといけない、これ渡すの忘れてた。これこれ、コインロッカーの鍵。開けたらちゃんと閉めといてね。鍵の隠し場所は、そうだな、公衆電話なんてどう。コインロッカーのすぐ隣に緑の公衆電話が一台あるの。その下に置いてあるタウンページの真ん中あたりに挟んどいてくれたらいいわ」

「いえ、あの……」

「知らない土地で不安もあると思うけど今夜はしっかり眠って体を休ませること。明日の朝から早速職探しスタートよ。住み込みで雇ってもらえそうなところを二人で片っ端から当たってみるの。そんな顔しなくても大丈夫。すぐに仕事が決まらなくったって生活に必要なものならわたしのボストンバッグに何でも入ってるんだから。食料だって着替えだってお金だってあるし、って言ってもそんなにたくさんあるわけじゃないけど……、まあ、当面の二人の生活に困らないくらいは」

「いえ、あの、そうじゃなくて、どうして……」

「え？」

「どうして、権藤チーフがそこまで……」

いつのまにか、むらさきのスカートの女の涙は止まっていた。丸く小さい二つの目を、まっすぐにわたしの顔に向けている。

わたしは静かに首を振り、権藤チーフではないよ、と言った。

「わたしは、黄色いカーディガンの女だよ」

あなたが、黄色いカーディガンの女？

むらさきのスカートの女が、そう言った気がした。

実際は、何も言わずにわたしの目を見ていただけだ。

わたしは、そっと手を伸ばし、目の前にある、むらさきのスカートの女の鼻を、ちょっとつまんだ。

「……ほら、もう行って。心配しないで。わたしもすぐに追いつくから」

「でも」

「ほら早く、バスの時間まであと三分しかない！」

むらさきのスカートの女はわたしの指した腕時計に目を遣ると、ようやく体を起こして立ち上がった。足下に横たわる所長のことが気になるのか、視線は下に向けたままだったが、「あと二分！」の声でパッと顔を上げた。バス停のほうへ走り出したと思ったら、なぜかまたすぐにUターンして来た。

「ちょっと、どうしたのよ、早く行って」

「お金が」

「え？」

「お金、取ってきます。一文無しじゃバスに乗れないから」

「そんなの、これを使えばいいから！」

「これは」

「見ればわかるでしょ、定期券だよ！　ほら急いで！　あと一分！」

むらさきのスカートの女は猛スピードで走り去った。

まもなくサイレン音が聞こえ、わたしもその場をあとにした。

そこからが、また大変だった。

定期券を渡してしまった為に、わたしは一度自分のアパートに金目のものを探しに帰らねばならなくなった。

息を切らして辿り着いた玄関扉には、大きな南京錠が付けられていた。仕方がないので、近くにあった植木鉢で窓ガラスを割ってなかに入った。

幸い、わたしが出て行った時と、部屋の状態は何も変わっていなかった。窓際に布団とテレビが置いてあり、がらんとした部屋の中央にはポリ袋がいくつか転がっていた。電気は止められたらしい。蛍光灯の紐を引っぱっても、カチカチと空しい音が鳴るだけだった。裁判所から明け渡しの催告状が届いたのが先週の木曜で、その翌日には駅前の漫画喫茶に避難した。その時に、貴重品はもちろん、衣類や洗面用具や食料品や鍋に至るまで、生活に必要だと思われるものは駅のコインロッカーに一旦まとめて仕舞い込んだのだ。コインロッカーの使用期限は三日間。今朝、一度仕舞った荷物を取り出して、別のロッカーに再び仕舞い込むという作業を終えたばかりだった。

荷物の量は膨大だが、家にあるものすべて持ち出せたわけじゃなかった。コインロッカーに入らないサイズのものは諦めたし、暮らしの役に立たなそうなものも置いてきた。

置いてきたもののなかに、現金に換わりそうな何かが、あるんじゃないか、何かが、あるはず……、と暗闇のなかを手探りで探し続けて数時間、ようやく天袋の奥に「思い出」と書かれたせんべいの空き缶を見つけた時には、最終のバスの時刻を過ぎていた。

これなら歩いて駅まで行ったほうが早かった、そう思いつつ缶の中身を確かめた。なかにはヤシの木の形をしたキーホルダーと、アニメ映画のポストカード、それから昔の万博の記念硬貨が一枚、入っていた。

翌日、わたしは記念硬貨を握りしめ、朝一番のバスに乗った。

運賃を支払う時、硬貨投入口に何度入れても、記念硬貨は戻ってきた。焦って硬貨を取り落としたわたしに、運転手さんはじろじろと不審げな目を向け、その硬貨をこちらに寄越せと言わんばかりに無言で片手を差し出してきた。

〝TSUKUBA EXPO'85〟と書かれた五百円硬貨を、その運転手さんはしげしげと眺めた。「……珍しいね」。ぽつりと呟くと、私物らしき鞄を探り、自分の財布のなかから百円玉五枚を取り出して、わたしの記念硬貨と交換してくれた。てっきり、「こんなの使えないよ」と怒られると思っていたので、これにはホッと胸をなで下ろした。運賃二百円を支払い、残金は三百円となった。

駅に着いたわたしは、まず公衆電話へと向かった。電話台の棚には、タウンページが三冊積み重なっていた。一番上のものから順に確かめようと手を伸ばしかけた時、その必要は無いことに気がついた。ふと右側を見てみると、わたしの荷物が入っているロッカーの扉には、鍵が差しっぱなしになっていたのだ。

ロッカーの扉を開けると、なかはきれいに空だった。むらさきのスカートの女は無事に荷物を取り出したらしい。ただ、困ったことに、指定した黒の手提げ鞄だけでなく、ボストンバッグや大きなリュックなど、わたしがそのままにしておいて、と頼んだものまで、すべて取り出していた。

わたしの早口の説明がわかりにくかったのか。どうやら大荷物を抱えて特急に乗り込んだらしい。

わたしは券売機の横に立ち、優しそうな女の人を見つけては声をかけた。「百円ください」と、三人に声をかけ、なんと三人ともすんなりと百円玉をわたしの手のひらに乗せてくれた。

四人目で人選を誤った。その、一見優しそうに見える女の人は、「駅員さん呼びますよ」と脅してきたのだ。わたしは慌てて逃げた。本当は特急料金四千二百円を集めたかったのだが、仕方ない。ここは、あるもので何とかするしかない。わたしは券売機で初乗り分の切符を買い、朝七時二十分発の鈍行に乗り込んだ。

そこから目的地の三徳寺駅に到着するまで、およそ六時間もかかった。急病人の発生や信号機のトラブルが運悪く重なったせいだ。途中、五度の乗り換えをするなかで、一度も車掌に切符を確認されることがなかったのは幸運だった。午後一時二十五分、ようやく降り立った三徳寺駅は無人駅だった。改札に設置してある木の箱に切符を入れ、約束の場所である「ホテル高木」を目指した。

ホテル高木のフロントマンは昼寝中だったと思われる。

呼び鈴を五十回以上鳴らしたところで、衝立《ついたて》の奥からあくびをしながら出てきた。わたしの問い合わせには、「そのような方はお泊まりになってませんね」と言った。

「そんなはずはありません」

とわたしは言った。「昨日の夜、十一時前にはチェックインしているはずです」

昨夜、八時二分のバスに間に合い、特急への乗り換えもスムーズにいったのだとしたら、むらさきのスカートの女は十時五十分には三徳寺駅に着いたはずだ。満室でなかったのなら、むらさきのスカートの女は間違いなくここに泊まっているはずなのだ。

フロントマンは面倒くさそうに、表紙に手書きで「宿泊者名簿」と書かれたノートをめくった。

「昨日の夜、うちに来たのは男性客が、イチ、ニイ、サン……五名。だけですね。女性は、一人も来てません」

「来てない？」

「はい」

「ほんとに？」

「はい」

「じゃあ、彼女は今、どこにいるんですか」

「知りません」

わたしはパニックになった。ひょっとして、降りる駅を間違えたのか？　それともすぐに追いつくと言っていたわたしを信じて駅のホームかどこかで待っていたのに、いつまで経っても来ないので怒って隠れてしまったとか？

わたしは駅周辺だけでなく、町中を歩いて捜索した。さすがに交番に駆け込むことはしなかったが、商店や道行く人に訊ねて回った。

「このへんで、女の人を見ませんでしたか？　三十歳前後の、髪の長い女の人です」

服装は？　と、そう訊かれ、「むらさき色のスカートを」まで言いかけて口をつぐんだ。

昨夜のむらさきのスカートの女が何色の何を穿いていたのか、わたしはどうしても思い出すことができなかった。

むらさきのスカートの女は、一体どこに行ってしまったのだろう。

今もまだ、見つかっていない。

先日、また新人が一人入った。今度の新人は経験者らしい。仕事の呑み込みは早そうだが、「あいさつの声が小さい」と、古参スタッフたちが早速、陰で文句を言っていた。いつものパターンなら、ネチネチといじめられて、ひと月も経たないうちに辞めることになるだろう。誰かが発声練習につき合ってあげれば良いのだろうが、あいにく元演劇部員の所長はいまだ入院中なのだった。

この前、みんなで所長のお見舞いに行った。大勢で押しかけるとかえって迷惑になることを考えて、事前にあみだくじをして行く人を決めた。わたしを含む四名がくじに当たったのだが、なぜかはずれを引いた塚田チーフたちも付いてきた。

所長の入院先は、職場から徒歩十分ほどのところにある、リハビリ専門病院だった。病室の扉を開けると、四つあるうちの、二つのベッドが空だった。残り一つのベッドには、やせたおじいさんが仰向けに寝転がり、天井近くの小型テレビを眺めていた。しばらく待っていると、所長が奥さんと一緒に戻って来た。

「所長！　歩けるようになったの！」

塚田チーフが飛んで行って、所長に抱きつこうとした。

「わ、わ、危ない」

バランスを崩しかけた所長の体を、奥さんが支えた。

「よかった〜。心配したのよ〜」

塚田チーフは所長の手を取り、上下にぶんぶんと振った。

「い、痛い、痛いよ。何、みんな揃って、今日は一体どうしたの」

「どうしたのって、お見舞いに来たに決まってるじゃない！」

塚田チーフが胸を張って言った。

「わざわざありがとうございます」

と奥さんが頭を下げた。

「電話してくれたら良かったのに」と所長が言った。

「かけたけど通じなかったのよ」塚田チーフが言い、奥さんのほうに向き直った。

「思ってたよりお元気そうで、安心しました」

「ええ、おかげさまで」奥さんが微笑んだ。

尻に敷かれているという噂はデマなのか。化粧っ気がなく、控え目な印象の奥さんは、病室に入って来た時からずっと所長の体に手を添えていた。

「顔色も良いし、明日からでも復帰できるんじゃないの」

と浜本チーフが言った。

「無茶言わないでよ」

所長は松葉杖を奥さんに預けると、苦笑いしながらベッドにどすんと腰を下ろした。

「いつ退院できるの？」と橘チーフが訊いた。

「再来週の水曜日」所長が答えた。

「良かったじゃない！」

「いや、でも当分の間は松葉杖だし、通院もしなきゃなんないし、ちゃんとした復帰ってのはいつになるか……」

「事務作業ならできるでしょうよ。誰も足に包帯巻いた人間に力仕事なんて頼まないわよ」

と塚田チーフが言った。

「まあ、そうなんだけど……」

「みんな所長が恋しいって言ってんのよ。所長が不在のあいだはマネージャーが毎日ミーティングに顔出すようになっちゃって。もう、朝からどんより、空気が重たいったら。ねえ、みんな」

塚田チーフから同意を求められたスタッフたちが、笑顔でうなずいた。

「あの……、マネージャーは、何か言ってた？」

と所長が言った。

「何かって？」

「いや、その……」

「あの女のこと？」

所長はうなずいた。

「警察に任せてあるって、それだけ」

「そう、警察に……」

所長は眉間にしわを寄せた。

「最初のミーティングで言ってたわよ。今後のことは、すべて警察に任せてありますって。わたしたちは所長が一日でも早く回復されることだけを信じて待ちましょう、って」

「そう」

「だけど良かった。こんなに早く退院が決まるなんて」

と橘チーフが言った。「アパートの二階から落ちて入院したって聞いた時は死んじゃうんじゃないかって思ったもん」

「もう。橘チーフってば、そんな縁起でもないことを」

浜本チーフが橘チーフの腕をこづいた。

「あはは、冗談、冗談」

「いや、おれもね、死んだかと思ったよ」と所長が言った。「目が覚めたら病室だろ、周りは真っ白だし、一瞬、ここが天国かあ、なんて」

「ほんとにラッキーだったよね、脳震盪《のうしんとう》と骨折で済んで」

「みなさんにはご心配とご迷惑をおかけしました」

と、奥さんが再び頭を下げた。

「そんな、迷惑だなんて！」塚田チーフはブンブンと手を振った。「所長は被害者じゃないですか！」

「そうですよ！　ずっとあの女からストーカー被害受けてたんでしょう？」

「あたしたち何にも知らなくて。二人でいるところをよく見かけるから仲良いなーなんて思ってて。もしかして、つき合ってんのかなー、なんて。あ、ごめんなさい、奥様の前で」

「いいんです」奥さんは首を振った。「主人も強く言えなかったみたいですから」

「言えるわけないだろう。デートしてくれなきゃ、おまえや娘に危害を加えるなんて脅されてさ」

「ひどい……。最低の女」

と塚田チーフが言った。

「大丈夫でしたか？」恐る恐るといったふうに、浜本チーフが奥さんに訊ねた。「危険な目に、遭われたりとか……」

「ええ。無言電話は毎日かかってきましたけど、今思えばそれくらいで済んで良かったです。わたしはともかく、娘に何かあったらと思うと」

「ああ、本当に。命が助かったから言えることだけど、突き落とされたのが、おまえやアリサじゃなくて良かった。おれで良かったたって心からそう思うよ」

「そんなこと言わないで」

「そうですよ、突き落とされて良かった、なんてことあるわけないじゃないですか。悪いのは、すべてあの女です。ストーカーだけじゃなく盗みまで」

「いや、おれも反省してるんだよ。あの時、自分一人でアパートなんて行かなきゃ良かったんだ」

「やさしいよね、所長。今ならまだ間に合うからって、説得しに行ったんだもんね」

「ああ、勇気がないなら、今からおれも一緒にマネージャーのところに出向いて頭下げてやるからって」

「そうしたら」

「急に怒り出して」

「アパートの二階から」

「……人間じゃないよ」

病室内はしんと静まり返った。おじいさんはテレビを観ながら寝入ってしまったようだ。イヤフォンから漏れるわずかな音声と、くおー、くおー、と規則的ないびきが聞こえてきていた。

沈黙を破ったのは奥さんだった。

「いけない！　わたしったら、皆さんにお椅子をご用意するのを忘れていました。今すぐナースステーションで借りてきますね」

「あ、いいえ、いいんです、もう帰りますから」と塚田チーフが言った。

「これ、お見舞いのお花」浜本チーフがここへ来る途中で買ったカトレアの花束を差し出した。

「こっちはプリンです」橘チーフが紙袋を差し出した。

「すみません、こんなにお気遣いいただいて。お急ぎでないなら、どうぞ、ゆっくりしていってください。今、お茶も淹《い》れてきますから」

「いえ、ほんとに、もう」

「主人も話し相手がわたしだけじゃ退屈ですから」

「そうだよ。皆さんゆっくりしていって」と所長が言った。

「じゃあ、あたしお手伝いします。ナースステーションで椅子借りてきます」

「あたしも」

「あたしも」

「あたしはお茶を」

「この花瓶、お借りしても良いですか?」

「ありがとうございます。あ、給湯室はこちらです」

奥さん始め、塚田チーフたちはパタパタとスリッパの音を響かせながら廊下へと出て行った。

病室は再び静かになった。スライド式の扉が音もなくゆっくり閉まると、所長はフーッと長いため息を吐いた。

「所長」

と、わたしは言った。

「うわっ。びっくりした。権藤さん、いつからそこに」

「さっきからずっといました」

「そ、それは失礼。あーびっくりした。どうぞ、座ってくださいよ」

所長は壁に一脚だけ立てかけてあったパイプ椅子をわたしにすすめた。わたしは自分で椅子を開き、腰を下ろした。

「あらためて、所長」

「な、何。どうしたの。そんな怖い顔して」

所長はわずかに身を引いた。

「所長。ここだけの話をしてもいいですか」

所長はごくりと唾《つば》を飲んだ。「……何ですか」

「所長に折り入ってお願いしたいことがあるんです」

「……だから、何」

わたしは所長に頭を下げた。

「お願いします！」

「ど、どうしたの、ちょっと」

「時給を、上げてください！」

「はい？」

と所長が言った。

「お願いします！　それとお給料の前借りも、させてください！　お願いします！　所長！」

「いやいや、ちょっと待って。急に何だよ、困ったな。こんなところで持ち出す話じゃないでしょう」

「お願いします！　所長！」

「ちょっと待ってってば！　ほら顔を上げて。申し訳ないけど、お金のことは僕一人では決められないよ。本社にもかけ合わなきゃなんないし、権藤さんの時給を上げたら他のチーフの時給も上げなきゃなんなくなる」

「そこは、所長がうまいことやってくれれば済むことですから。できるでしょう、所長なら！」

「できるわけないでしょう！　そんな簡単に言わないでよ。大体昇給には審査が必要なんだよ。よっぽど普段の仕事ぶりが評価されてなければその審査にかけられない。仮に権藤さんが審査にかけられたとして、自分で通ると思ってるの？　遅刻、早退、無断欠勤、あなたね、今までクビになってないのが不思議なくらいだよ。仕事中もしょっちゅうふらっといなくなるって、他のスタッフからどれだけ苦情が来てるか知ってるの？　昇給は、無し。ありません」

「だったら、お金を貸してください」

「はあ？」

「お願いします。わたし、今、すっからかんなんです」

「なんで僕があなたにお金を貸さなきゃならないんだ」

「だって上司じゃないですか」

「関係ないでしょう」

「わたし、今、定期券も無いんですよ」

「知らないよ、そんなこと」

「毎日歩いて来てるんですよ。それも漫画喫茶から」

「は？　家はどうしたの」

「家賃が払えなくて追い出されました」

「それは……」

「お願いします、所長」

「いやいや、それとこれとは別！　大変なのはわかるけど、僕にはどうすることもできないよ」

「そこを何とか、所長」

「無理なものは無理なんだよ！　まいったなあ。普段全然しゃべんないくせに、珍しく口を開いたと思ったら借金の相談かよ。ねえ、恥ずかしくないの。あなたもいい大人なんだからさ、もうちょっと他人に対する礼儀とか、あっ、家族や親戚は当たってみた？　権藤さんって実家どこだっけ？」

「所長」

「だめだってば」

「五十嵐レイナのパンツ盗んだこと誰にも言いませんから」

「エッ……」

「約束します。絶対に、誰にも言いません」

「……」

しばしの沈黙ののち、所長は低い声で呟いた。「……考えておきます」

「ありがとうございます！　助かります！」

その頃、お茶を淹れに行った二人のいる給湯室は、全然別の話題で盛り上がってい
た。そうなんですか！　おめでとうございまーす！　と塚田チーフの叫ぶ声が病室に
まで届いたので、何だろうと思っていたのだ。訊けば、所長が来年には二児の父にな
るらしい。奥さんのお腹のなかには、新しい命が宿ったばかりだという。

今日は、朝からたっぷり時間があった。

わたしは洗濯物を干して掃除をし、テレビを観ながら朝食をとり、少し横になった

あと、商店街へ買い物に出かけた。

商店街ではドラッグストアと酒屋とパン屋を回った。帰り際に立ち寄った公園で、南側に三つ並んでいるうちの、一番奥のベンチに腰を下ろした。

そこは、むらさきのスカートの女専用シートだ。

気をつけて見ていないと、誰かが勝手に座ってしまう。

だから、わたしが座ることにした。ベンチは譲り合って座りましょう、と書かれた立て看板もあるにはあるが、今のところ、どこからも苦情は来ていない。いつか、肩をポン！　と叩かれ、「そこはわたしの席よ」と言われたら。そこに立っているのが、この席の本当の持ち主だとしたら。その時は喜んで席を譲るつもりだ。

わたしは買い物袋を脇に置き、なかからクリームパンの入った袋を取り出した。パンはほんのりと温かい。初めに半分に割って、片割れを膝の上に置き、もう片割れを口に運ぼうとした、まさにその時、ポン！　と肩を叩かれた。

絶妙なタイミングでわたしの肩を叩いた子供が、キャッキャッと笑いながら逃げて行った。

芥川賞受賞記念エッセイ

むらさきのスカートの女と、私

自宅マンションの、物置小屋と化した部屋のすみで小説を書いている。折り畳み式の机の周りには、古新聞や古雑誌、梱包されたままの扇風機、キャスター付きの防災バッグに、衣装ケース、壊れたプリンタ、ドンペン君のぬいぐるみや、古着でパンパンになったポリ袋などが、所狭しと置かれている。

書けない時、私はこの部屋のせいにする。こんなところにいるから書けないんだ、環境が悪い、と。

『むらさきのスカートの女』を書き始めた時もそうだった。書けない原因は、すべてこのゴチャゴチャした部屋にあるのだと考えた。そこで、部屋を片付けよう、とは思わなかった。部屋を出て、ドトールへ行こう、と思い立った。

二〇一八年の秋頃、私は遅々として進まない『むらさきのスカートの女』の原稿を携えて、ドトールへと向かった。

大阪市内にドトールは数多く点在しているが、ドトールならどこでもいいというわけではなかった。私の目指すドトールは、自宅から一時間十五分もかかる場所にある。地下鉄を乗り継ぎ、ようやく店のドアの前に立った瞬間、ここなら絶対に書ける、と確信した。二〇一七年に刊行された『星の子』は、この店で書いたのだ。ここは、他のドトールとは、ちょっと違う。どう違うのかと言うと、まず、どこよりもトイレがきれいだ。そして、どこよりも店員さんの愛想がいい。あと、どこよりもお客さんの数が少ないため、どこよりも静かだ。そして、何と言っても、ここには私専用の席がある。

店内に入ると、「いらっしゃいませ」と懐かしい声が迎えてくれた。二年前、毎日のように顔を合わせていた店員さんだった。相変わらず笑顔がすばらしかった。「どうも、ご無沙汰しています」と心の中で挨拶をし、アイスコーヒーを注文した。グラスを受け取り、二階へと続く階段を昇る。二階の奥の方にある、丸いテーブル席が、私専用の席となっている。座席の横にはガラス板が張ってあり、ガラスの向こう側は喫煙ルームなのだが、強力な空気清浄機が置かれているのか、けむりもにおいも気にならない。前回は、ここで『星の子』を書いていた。今回は『むらさきのスカートの女』だ。自宅で集中できないぶん、今日は思いきりがんばるぞ。そう意気込みながら、二階のフロアに足を踏み入れた。と、ここで、想定していなかった光景が目に飛びこんできた。私の席に、誰か知らない人が座っていたのだ。スーツ姿の男性だった。誰だろう、ひょっとして、ご存じないのだろうか。「すみません、そこ、私の席なんですけど……」

喉まで出かかった言葉をグッとのみこみ、仕方がないので、そのへんの空いている席に腰を下ろした。ノートを開いてみるも、先ほどまで漲っていたやる気は、どこかへ消えてなくなっていた。三十分ほど待っていたが、男性が動こうとしないので、あきらめて店を出た。結局、この日は何も書けなかった。大丈夫だろうか、こんなんで。かれこれ二カ月の間、書いては消し書いては消しを繰り返している。〈わたしは「むらさきのスカートの女」と呼ばれている。〉という最初の一文は浮かんでいるのに、どうしてもその先が続かないのだ。この話、一生完成しないかもしれないな、とかなり弱気になりながらも、翌日は、またドトールへと足を運んだ。

アイスコーヒーを注文し、今日こそは、という思いで階段を昇っていく。そうしたら、なぜなのか。また私の席に、勝手に座っている人がいる。昨日と同じ、スーツ姿の男性だった。

「そこ、私の席なんですけど！」心の中で訴えた。「誰か、この人に言ってやってくださいよ！」フロアにいる数人のお客さんの顔を見回すも、誰とも目が合わなかった。

それからすぐに、主人公を陰から見守る女を登場させることを思いついた。主人公にはお気に入りのベンチがあって、そこに関係のない人が座っていたら、その女がそっと近づき、こう告げるのだ。「すみません、そこ、わたしの友達の席なんですけど」

あれこれ考えるうちに、この女に語らせてみることにした。最初の一文、〈わたしは「むらさきのスカートの女」と呼ばれている。〉を〈うちの近所に「むらさきのスカートの女」と呼ばれている人がいる。〉に変えたら、物置小屋の片隅でも、書くことができた。

この物語を読んだ人から、こんな質問をいただいた。主人公は二人の女のうち、どちらですか、そもそも二人いるんですか、じつは同一人物なのではないですか。

そんなふうに言われると、本当のところはどうだったのか、書いた本人もよくわからなくなってくる。今回、様々な感想を頂戴し、小説には色々な読み方がある、ということを私自身が教わった。

今日までのこと

十九歳の時、親のお金で一人暮らしをさせてもらっていました。当時、私は学生でしたが、まったく勉強をせず、かといって遊んだりもせず、引きこもりがちな日々を過ごしていました。摂食障害を患っていて、人と食事をすることが何よりも苦痛だったので、常に一人でいたかったのです。この時期に、絵本作家になりたいと思ったことがありました。誰とも関わらなくてよさそうだし、家の中でできるし、何より子供の頃から絵を描くことが好きだったからです。絵本作家になる、と決めた私は、早速ストーリーを考え始めました。十分たっても二十分たっても、何も浮かびませんでした。絵本作家になる夢は、一日であきらめました。

それからしばらくして、今度は漫画家になりたい、と思いました。その理由は絵本作家の時と同じです。自分を奮い立たせるため、漫画を描くのに必要な道具も（親のお金で）買いました。絵本の時はさっぱりでしたが、漫画のストーリーはなぜか浮かびました。少女漫画誌と青年漫画誌に一作ずつ投稿したのですが、それで満足してしまい、その後は漫画を描くことはありませんでした。

鬱々とした毎日でしたが小説はよく読みました。中学、高校時代はまったくと言っていいほど読まなかったので、突然新しい扉が開けたような感じでした。読みだしたきっかけは、書店の文庫コーナーでたまたま手にした『夢見通りの人々』（宮本輝著）です。タイトルに惹かれて買いました。小説って、面白いんだなあと思いました。宮本輝、向田邦子、講談社文庫のムーミンシリーズを特に愛読していました。

もう何も書くことがないのに

大学卒業後は、アルバイトを転々としながら生活しました。工場や電話代行や警備会社やホテルの客室清掃などです。一番長く続いたのがホテルの客室清掃で、この仕事のおかげで働くことの楽しさや、人と関わることの楽しさを知りました。毎日でも働きたいと思っていたのですが、翌日の客室稼働率に対してスタッフの人数が多い時は、休みを言い渡されることもありました。ある日、「明日休んでください」と言われた私は、必要以上にショックを受けてしまいました。自分はいらない人間なんだ、と解釈してしまったのです。ただの被害妄想ですが、当時は深刻でした。

自分は必要とされていない、自分は嫌われている、自分は皆から疎まれている、だったら、これからは誰とも関わらずに生きていこう、誰とも関わらなくて済む仕事をしよう、誰とも関わらなくて済む仕事と言ったら、絵本作家に漫画家、それから作家だ、そうだ、小説を書こう、と、ネガティブなのかポジティブなのかよくわからない思考回路のおかげで、小説を書き始めることになりました。

高校生の時から毎日欠かさず日記を書いていたので、文字を書くことは元々好きだったのだと思います。絵本と漫画の時もそうでしたが、この時も、すぐに行動に移しました。

最初はノートに手書きで書いていました。頭に浮かんだことを片っ端から書き留めていくだけなので、あとから読み返すと自分でもわけがわかりませんでした。

これは、ちゃんとした文章にしなければと思い、梅田のヨドバシカメラにノートパソコンを買いに行きました。パソコンを使って初めて書き上げたのが、「あたらしい娘」という小説です。太宰治賞に応募しました。二十九歳の時でした。

「最終選考に残りました」と電話をもらった時の衝撃と感動は、一生忘れないと思います。職場のロッカールームで電話を受けたのですが、自宅に到着するまでの間、手の震えが止まりませんでした。その後、めでたく受賞が決まるわけですが、最終選考に残ったと聞いた時のような感動はなく、それよりも不安とプレッシャーで押し潰されそうでした。どうしよう、もう何も書くことがないのに、と思い悩みました。今でこそ、私が小説を書かなくても誰も困らない、困るのは自分だけ、ということを理解していますが、当時は私が書かなければ、私の小説を評価してくれた人たちに迷惑がかかると思っていました。「あたらしい娘」は、のちに「こちらあみ子」と改題され本になりましたが、その本が、三島由紀夫賞を受賞しました。

こんなにありがたいことはないはずなのに、やはり、不安のほうが勝ってしまい、素直に喜ぶことができませんでした。書けない小説のことを思うと、毎日つらくて、楽しかった客室清掃の仕事も、日に日に楽しくなくなっていきました。気を紛らわせようと、アルバイトの掛け持ちをしてみたこともありますが、気分が晴れることはありませんでした。結局、客室清掃の仕事は辞めてしまいました。

おそろしいほど、変わらない

三十二歳の時に、手に職をつけようと思い立ち、ヘルパースクールに通い始めます。小説のことは考えないようにしていました。考えたところで何も書けないんだから、時間の無駄だと言い聞かせ、介護の勉強に専念しました。半年間通い、修了証をもらいましたが、現場で働いた期間は短く、五カ月ほどで辞めました。そのあとは短期のアルバイトや、ホテル（前に勤めていたホテルとは別のホテル）の清掃の仕事をして生活していました。二十代の頃から本当にコロコロ仕事が変わっています。こうして客観的に振り返ってみると、何とも情けなくなってきます。

三十四歳の時に結婚しました。結婚後は、また仕事が変わって、今度は、新幹線の車両清掃を始めていました。毎朝スマホで「会社　いきたくない」「会社　やめたい」「会社　今日やめるには」と一通り検索してから出勤していました。検索結果が変わるわけではないし、本気で辞めるつもりもなかったのですが、こうすると少しだけ憂鬱な気持ちが和らぐような気がしていました。そんなある日、筑摩書房から一通のメールが届きました。作家の西崎憲さんからのメールを転送したもので、内容は、小説執筆の依頼でした。「ご自分の楽しみのために書いてください」という一文がとても印象的でした。

　仕事でストレスを抱えていたこともあり、まったく違うことを考えるのは良い気分転換になるかもしれないと思い、軽い気持ちで快諾しました。週に四日ほど、朝六時から十時くらいまで、出勤途中にあるレンタル自習室で、短編「あひる」を書きました。途中で何度か放り出したくなりましたが、誰も読まないんだから、と自分に言い聞かせてがんばりました。楽しいとは言い難い時間でしたが、途中であきらめることなく最後まで書き上げたことは良かったと思います。

　その後は、新幹線の仕事を辞めて、短編「父と私の桜尾通り商店街」、中編「星の子」を書きました。光栄なことに先ほどの「あひる」と、「星の子」は、芥川賞候補にもなりました。三度目はない、と思っていたので、「むらさきのスカートの女」が芥川賞候補になったという連絡をいただいた時は、驚きと感動で舞い上がりました。連絡が来たのは月曜日で、酒を飲まないと決めている日でしたが、家族が寝静まったあと、一人でこっそり祝杯を挙げました。本当に嬉しくて、ここがゴールで頂点だと思っていました。まさか、これ以上の喜びがあるとは想像していなかったので、七月十七日に受賞の知らせを受けた時は、頭の中が真っ白になりました。

十七日夜、しどろもどろの記者会見を終え、宿泊先のホテルで「水曜日のダウンタウン」を観ながら缶ビールを飲みました。夢の中でテレビ画面を眺めているような、不思議な感覚を味わいましたが、翌日、新幹線に乗って大阪に戻る頃にはハッキリと目が覚めて、ちゃんと現実に戻っていました。これから書かなければならない八本のエッセイのことを思うと、どんどん気分が落ち込んできました。

これを書いている今日は、七月二十四日なので、受賞の日からちょうど一週間がたったことになります。

おそろしいほど、以前と何も変わらない、しーんとした日々を過ごしています。芥川賞をとると友達ができると聞いていたのですが、そんな素敵なことは私には起こりそうにありません。

少し寂しい気もしますが、これまで過ごしてきた日常が、これからも続いていくのだとわかって、じつは安心しています。

書けなくても、書こうとしている限りは大丈夫、と信じて、明日も机に向かいたいと思います。

何とも思わなくなる日

書かなければいけないのに書けない時、何でもいいから書くんだ、と自分に言い聞かせている。ほんとうに何でもいい、面白くなくていい、意味がわからなくていい、失敗作でいい、失敗しているかどうかは私じゃなくて編集者が決めるから、私は何でもいいからただ書いて送るだけ、あとのことは知らん、と、こんなふうに、少し投げやりな気持ちでいなければ、いつまでたっても書きだすことができないからだ。

何でもいいと言いながらも、書き始めたら大変苦しい思いをする。そうして完成した小説を編集者に送って読んでもらい、ＯＫが出て、少しするとゲラになって手元に戻って来るのだが、この時に初めて後悔することになる。書かなければよかった、と心からそう思う。あんなに「何でもいいから書くんだ」と自分を奮い立たせていたのに。

自分の書いたものを読み返す時、何とも言えない嫌な気持ちになる。気持ち悪い、という言葉が一番しっくりくるように思う。

気持ち悪い文章は、やがて雑誌に掲載され、本になり、店頭に並ぶようになるわけだが、外見がどんなに素敵な姿になったとしても、自分の文章に対する思いは変わらない。ずっと気持ち悪いままだ。書店の本棚を眺めていて、うっかり自分の書いた本の背表紙が目に留まりそうになると、素早く視線を外す。本そのものに罪はないのだが、そこに書かれている文章のことを思うと、どうしたって気持ち悪くなるからだ。

六月中旬に芥川賞候補作が発表され、選考の日を迎えるまでの間、何度かテレビ画面に『むらさきのスカートの女』の表紙が映し出された。その度に私はテレビを消し、それが録画されたものであれば、即刻、録画リストからも消去した。夫は録画したはずの「ワイドナショー」がリストに見当たらないので、おかしいなあ、と首をひねっていた。申し訳ない。

こんな感じなのだから、当然、自宅には自分の書いた本は置いていない。本棚に目をやる度に気持ち悪くなっていたのでは、家事も育児も、何も手につかなくなるからだ。私が小説を書こうとしている限り、こういう感覚はずっとつきまとうのだろうと思う。

この先、自分の書いた本を目にして、平気でいられる日が来るのだろうか。来るのだとしたら、それは一体いつだろう。その時、私は小説を書いているだろうか。たぶん、書いていない気がする。書こうともしていないし、書きたいとすら思っていない、自分の文章を気持ち悪いと感じていたことなどとうに忘れ、毎日ニコニコ、楽しく暮らしているに違いない。自宅にしょっちゅう人を招き、強制的に本棚の前へ連れて行き、「見て見て。これ、私が書いた本。私、芥川賞とったことあるんだよ！」と自慢する日々を送っているに違いないのだ。そんな日は、なるべく来てほしくないなあ、と思っている。

人と接しない仕事

人と接しない仕事に就きたい、と思ったのは十九歳の頃だった。元々人付き合いが得意でないことに加え、当時の私は摂食障害の症状に悩まされていた。地震でもないのにグラグラ揺れる部屋の天井を眺めながら、人と接しない仕事って、どんなのがあるかなあ、とぼんやりした頭で考えた。

最初に思いついたのは、絵本作家だった。人と接しない仕事＝家の中でできる仕事だと思っていたのだ。早速、その場でストーリーを考え始めた。考え始めてすぐに面倒臭くなり、自分には無理だとあきらめた。

次に思いついたのは、漫画家だった。今度は絵本作家より本気だった。漫画家を目指すために道具も揃えた。絵本のストーリーは一つも浮かばなかったのに、漫画のストーリーは二つ浮かんだ。少女漫画誌と青年漫画誌に一つずつ投稿し、青年漫画誌の方に名前が載ったが、三つ目のストーリーが浮かぶことはなく、結局それきりとなった。

私は家の中で働くことをあきらめて、外に出てアルバイトをするようになった。何をやっても長続きせず、何をやっても全然楽しくなかったが、二十六歳の時に始めたホテルの客室清掃の仕事だけは楽しかった。自分に合っていたし、また、人にも恵まれた。毎日働く気まんまんでいたのだが、ある日、突然の休みを言い渡され、落ち込んだ。客室稼働率に対し、スタッフの人数が多い時は誰かが休む、これは仕方のないことだった。ところが、持ち前の被害妄想の激しさから、当時の私はこんなふうに解釈したのだ。自分は必要とされていない、自分は疎まれている、自分はあの人からもあの人からも嫌われている、あーあ、どこかに人と接しない仕事はないかなあ。

その時、思いついた職業が作家だった。小説を書こうと思い、すぐに書いた。

人と接しない仕事がしたいと願っていた私は、現在、人に助けられながら日々の生活を送り、かろうじて小説を書くことができている。

ぐるりと回るレストラン

七月十七日夕方、私は編集者二人とビルの最上階にある展望レストランにいた。ここは、ただ眺めがいいだけのレストランではなかった。フロア全体が三百六十度回転する、回転展望レストランなのだった。ゆっくりと流れていく窓の外の景色を眺めつつ、私たちは他愛ないおしゃべりをした。天気の話、ミツバチの話、カレーの話。今は芥川賞選考会の最中で、あと小一時間もすれば私の携帯に結果を知らせる電話がかかってくることになっているのだが、誰もその話題に触れることはなかった。たまに会話が途切れ、沈黙が流れた。沈黙すると、三人とも窓の外に目を向けた。

ふと、男性編集者が口を開いた。「あそこに、痔の看板が見えますね」

女性編集者がうなずいた。「痔の看板。朱色だから、よく目立ちますね」

たしかに、平仮名で「ぢ」と描かれた広告看板は、他のどの建物よりも目立って見えた。

「すごい存在感だね」

「ね。目が離せませんね」

編集者二人の会話が妙に面白くて、私はアハハと笑った。と同時に、小学生の頃に見た、懐かしい光景が頭の中によみがえった。それは、選挙ポスターに書かれた落書きだった。『ぢになった吉井』

吉井さんのポスターに、そんなイタズラ書きがしてあったのだ。黒いフェルトペンのようなもので、横書きで、『吉井』の上に、ふりがなが振ってあった。『よぢい』と。

この話を、編集者二人に聞いてもらいたいと思った。思ったのだが、二人はすでに次の話題に移っていて、今さら私が痔の話を持ちだすのは不自然に思われた。もう言えない、でも言いたい。言うか、やめるか、迷っているあいだにもフロアはゆっくりと回転し、痔の看板は徐々に私の後方へと下がっていった。

その後も他愛ないおしゃべりは続いた。ピアノの話、甥っ子の話、安田大サーカスのクロちゃんの話。どんな話をしていても、私の頭の中から選挙ポスターの映像が離れることはなかった。やっぱり言いたい、どうしても言いたい、理由なんかない、ただ言いたい。私は自分を落ち着かせるため、こう言い聞かせた。大丈夫、このレストランは三百六十度回転する、ということは、必ず、またあの痔の看板の元に戻って来られる、言うならその時に言えばいい、だから、今は落ち着いて、ギョーザの話に集中しよう。

そうして、まだかまだかと機会を待つこと約一時間。やっと前方に「ぢ」の文字が見えてきた。私はあえてゆったりとした口調で言った。「また痔の看板が見えてきましたね」

「ほんとうだ」と男性編集者が言い、「そろそろ一周ですね」と女性編集者が言った。

「ところで、痔と言えば、小学生の時に」

と、ここまで言いかけた時に携帯が鳴った。出ると、受賞の知らせだった。

ここはただの回転展望レストランではなかった。元々は「流れる景色を眺めていれば、今村さんの気も紛れるのでは」という、担当編集者の気遣いから選ばれた店だった。おかげで痔の看板ばかりに神経が集中し、賞のことはほとんど意識せずに済んだ。

私がようやく言いたかったことを言えたのは、記者会見場へと向かう道の途中だった。早足で歩きながら、「さっき、痔の看板あったじゃないですか。それで思い出したんですけど」と切りだした。私の話を聞いた編集者がどんな反応をしたかは覚えていない。とにかく、私は言えて満足だった。

芥川賞に決まって

　今日は夫と娘と三人で朝から近所のイオンへ行った。開店から三十分しかたっていないのに、休日のイオンはすでに家族連れでにぎわっている。娘はお気に入りのキャラクターカートに乗れなくて、着いて早々に機嫌が悪くなった。歩くのを嫌がり、「抱っこ、抱っこ」の繰り返しだ。最近は夫の抱っこを拒否するようになったので、店内ではひたすら私が抱っこした。イオンへ行った目的は、夫の仕事用のズボンを買うことだった。夫の希望は、「とにかく、チャックがしっかりしてるやつ!」。今穿《は》いているズボンは、チャックが勝手にずり下がってきて、気づいたら全開になっているそうだ。昨日も、ずっと股間に手を当てたまま仕事をしていたという。それは大変だ。早速ユニクロへと向かう。これは? 私が適当に指差すと、「それはおっさんくさいから嫌だ」と四十路のおっさんが言った。時間がかかりそうなので、私は娘を連れて店の外へ。

夫の買い物が終わるまで、キッズスペースで遊んで待つことにする。マットの上で、何度も何度もジャンプする娘。下の階の人から、うるさいと苦情が来て以降、我が家はジャンプ禁止になったのだ。ここなら誰も文句を言わない、思う存分ジャンプするがよい。十五分後、ユニクロの袋を手にした夫と合流。昼食をとるためフードコートへ移動した。娘と夫はオムライス、私は海鮮丼を注文した。「おいしい?」と訊ねても返答なし。娘はいつも無言で食べる。三人とも米粒一つ残さず完食した。まだ帰りたくないと座りこむ娘を担いで自転車置き場へ。夫と娘がペアで乗り、私は一人で自転車にまたがった。大和川に架かる橋を渡ったところで二人と別れ、私だけスーパーへ。カボチャ、鶏肉、アイスクリームを購入した。

帰宅すると、娘はすでに夢の中だった。夫と二人で、録画していた「なつぞら」を観た。あーだこーだと感想を言い合った後、夫も娘と一緒に昼寝、私は昨夜から散らかったままになっている部屋の片づけに取りかかった。

ブロック、絵本、絵合わせカード、海のパズル、山のパズル、ドラえもんのパズル、そしてピカピカに輝く『せんせい』。すべてまとめて布製の箱の中に放りこむ。

「『せんせい』をご存知ですか。子供用のお絵描きボードで、描いては消し描いては消しできるやつです。あれが欲しいです」

受賞が決まったその翌日、お祝いに何が欲しいか訊ねられ、厚かましくも即答したのだ。手帳を見ると、ほんの十日前のことだった。そうか、あれからまだ十日しかたっていないのか。何か、百年くらい前のできごとのような気がするなあ。

時間の感覚があやふやだったこの十日間、小説は一つも書けなかった。明日はどうだろう。明日こそ何か書けるだろうか。何か書かなくては芥川賞に申し訳ない。

部屋の片づけを終えた後、私も娘の隣りで昼寝した。明日のことはわからないが、ともあれ、今日も平和な一日だった。

懐かしの本屋さん訪ねたい

生まれた年から高校を卒業するまでの十八年間を広島で過ごしました。子供時代の思い出は数多くありますが、祖父の家で、盆休みや正月休みを過ごしたことが、一番の楽しい思い出として記憶に残っています。

祖父の家は、広島の中心地からかなり離れた所にありました。周りを山に囲まれていて、家の周りには柿や梅、柚子や桃の木などが植えられていました。三年前に「あひる」という短編を書きましたが、その時に頭の中でイメージしていたのはこの場所でした。

子供時代の私は、ここでよく食べ、よく遊びました。夏はいとこたちとバーベキューやバドミントンや花火をして遊び、冬はカルタや凧揚げや雪遊びをして遊びました。虫に刺されて赤く腫れた指に、祖父がまむし酒を塗ってくれたことを覚えています。

ムーという名前の雑種犬を飼っていて、祖父の使わなくなった櫛《くし》で、ムーの背中の毛をとかしてやるのが好きでした。夕飯時には祖母と曽祖母が作ってくれた、つくしの佃煮やぜんまいの煮物を食べました。

忙しい祖父は私たちの遊び相手にはなってくれませんでしたが、一度だけ、本屋さんに連れて行ってくれたことがありました。

私と私の妹と、同い年のいとこも一緒だったと思います。祖父の運転する車で向かった先は、隣接する福山市でした。何か別の用事を済ませたあとで、一軒の本屋さんに立ち寄りました。

「好きなの選びんさい」。祖父からそう言われ、私たち三人は一斉に店内に散らばりました。妹といとこが何を選んだかは覚えていませんが、私は、当時大好きだったスルメイカの干物を選びました。本屋さんにスルメイカの干物が売られているとは考えにくいので、ひょっとすると、これは私の記憶違いかもしれないのですが、記憶の中の私は、確かに、ぺたんこのスルメイカが入った透明な袋を手に取って、祖父の元へ駆け寄り、「これにする！」と言いました。

祖父が代金を支払っている時、店の店主と目が合いました。店主は胸ポケットから書店名の書かれたボールペンを取り出して、それを無言で私にくれました。「A書店」と書かれたボールペンは、インクがなくなるまで愛用していました。

この記憶が正確かどうかはさておき、本屋に行って本以外のものを購入した思い出が、私には多々あります。スルメイカほど場違いなものではないですが、実家近くにあった小さな本屋さんでは三角定規やメモ帳を買いました。スイミングスクールの近くにあった本屋さんでは弁当箱を買い、スーパーのなかの本屋さんでは、だてめがねを買いました。高校時代に頻繁に通っていた本屋さんでは、本には一切目もくれず、CDばかり買っていました。さほど読書好きではなかった私の視界には、本が入ってこなかったのです。

二〇一七年の冬、出版社の方々と一緒に、広島の書店を何軒か回らせてもらう機会がありました。その時お世話になった書店員さんから、本に対する愛や、地元広島で本を売り続けることへの思いをお聞きしました。お話を伺ったあと、私は一人で勝手に反省しました。本に見向きもしなかった、かつての自分を思いだして、何か、とてももったいないことをしてしまったような気持ちになったのです。

現在、私は大阪で暮らしています。広島へは年に二度ほど、実家へ顔を見せに帰る程度です。帰省中はほとんど出歩いたりしませんが、今度帰った時には、懐かしの本屋さんへ立ち寄って、気になる本をたくさん買って帰ろうと思っています。過去に素通りしてしまったぶんを、これから取り戻さなければなりません。そして時間が許せば、福山のA書店にも足を延ばして、昔、ここにスルメイカコーナーがなかったか、店主に訊ねてみようかな、と密かに考えています。

背中を押してくれた小説

小説を面白いと感じたのは、大学生の時でした。『夢見通りの人々』（宮本輝著）を読んで、私はこの本に登場する、里見春太という青年のことを好きになりました。ページをめくっていると、里見春太がすぐそこにいて、しゃべったり、動いたりしているかのように錯覚しました。当時はまだ小説を書きたいと思ったことはなかったのですが、この時に感じた、「登場人物が今ここにいる感じ」は、自分で小説を書くようになってから意識するようになりました。「いる」と思えた時は書いていてとても楽しいです。大抵の場合「いない」ので、そういう時は、ただただ苦痛です。私は商店街が好きで、商店街の近くに住みたいと思い、実際に住んでいたことがあるのですが、それも、この小説に影響されてのことだと思っています。

二十九歳の時に、小説を書き始めました。書きだす直前まで読んでいた本が、『蛇にピアス』（金原ひとみ著）です。とん、と背中を押してもらえたような気がしました。その時に書いた小説は、私のデビュー作になりました。子供が主人公の小説でしたが、大人ではなく、子供を主人公にしたのは、『長くつ下のピッピ』や『窓ぎわのトットちゃん』など、子供が魅力的に描かれている作品を、幼い頃から愛読してきたからだと思います。物語の主役と言えば子供だと思っていました。大まかな話の流れを決めてから書き始めたのですが、書いている途中で、小島信夫の短編「微笑」を読んだことがきっかけで、それまでに考えていた筋立てを変えました。冒頭と末尾に現在の視点を置くと、物語に奥行きが出るのだな、ということを、この短編から教わりました。小島信夫作品は、他には『抱擁家族』を読みました。自分では意識しませんが、小島信夫の作風にどことなく通じるものがある、と言われたことがあるので、もしかしたら影響を受けているのかもしれません。

同じ時期に、『名文を書かない文章講座』（村田喜代子著）も読みました。書店でパラパラめくっていたところ、「まずは大胆に」とか、「力むとろくなことはない」とか、「捨てること！　削ること！」とか、私の知りたかったことや、言ってもらいたかったことが、わかりやすい言葉でたくさん書かれてあったので、迷わずレジに持って行きました。色エンピツであちこちに線を引き、何かに迷うたびにページを開いて、うんうん、なるほど、と頷いていました。この本が無かったら、最後まで書くことは難しかったと思います。

こんなふうに、その時々で、既存の小説や指南書に支えられながら、デビュー作を書き上げました。その経験は、今回の受賞作である「むらさきのスカートの女」を執筆する際にも、大きな原動力になりました。『蛇にピアス』のように、私の背中を押してくれる小説が、まだたくさんあるに違いないので、今後はもっと読書量を増やしていかなければと思っています。

受賞のことば

小説を書き始めてから九年が経ちました。この九年の間に、あきらめる機会は何度もあったのに、未だにあきらめていないことが、自分でも不思議でなりません。書いたぶんだけ幸福度が上がるということはなく、反対に、つらいことや悲しいことを引き寄せてしまっているように感じることが、時々あります。

「むらさきのスカートの女」を書いている最中、夫に「これで最後にする」と宣言しました。過去に何度か同じ宣言を聞かされている夫は、これまでと同様に「わかった」と頷いていました。

あれから半年が経ちますが、まだ、新しい小説を書きだすことができません。このままでは宣言した通りになりそうで、日々恐怖を感じているところです。

私にはまだ書きたいことがあります。今回の受賞で、小説への思いは一層強くなりました。

エッセイ初出一覧

「むらさきのスカートの女と、私」　「文學界」二〇一九年九月号
「今日までのこと」　「文藝春秋」二〇一九年九月号
「何とも思わなくなる日」　二〇一九年七月二十二日に共同通信より配信
「人と接しない仕事」　二〇一九年七月二十五日　朝日新聞
「ぐるりと回るレストラン」　二〇一九年八月一日　毎日新聞夕刊
「芥川賞に決まって」　二〇一九年八月二十日付西日本新聞ほか
北海道新聞、中日新聞、東京新聞
「懐かしの本屋さん訪ねたい」　二〇一九年七月三十日　中国新聞
「背中を押してくれた小説」　二〇一九年九月八日　産経新聞
「受賞のことば」　第一六一回芥川賞贈呈式パンフレット

解説　言葉の可能性

ルーシー・ノース

語り手はある女のことが頭から離れない。その女はいつも公園のベンチにすわっていて、遠目には若い女のように見えるが、実はそうではない。顔には「シミ」があることさえわかっている。つまり、語り手は——語り手自身も女だが——しばしばその女のいるベンチに近づき、顔の造作までも仔細に観察しているのだ。

『むらさきのスカートの女』は、その冒頭から読者を引きつけてやまない。わたしはこれまで、河野多恵子の『幼児狩り』、川上弘美の『蛇を踏む』などの女性作家の作品を訳してきた。翻訳を手がけた作品内容からもわかる通り、わたしは以前からある年齢層の独身女性に関心を抱いてきた。だから、当然のごとく、『むらさきのスカー

ト の女』を訳すうちに、彼女をさまざまな場面で観察している語り手も観察することとなり、こう自問するようになった。

いったいこの語り手の女は何者なのか。この世界でどう生きているのか。物語が始まると同時にわたしたちは作品の構造に魅了される。つまり、語り手が女を観察し／読解する一方、読者も語り手を観察し／読解することになるからだ。冒頭の十ページで語り手の心理状態はさりげなく描写されている。孤独と経済的な不安のなかに置かれている彼女の世界の捉え方はどこか歪んでいるようにも見える。「むらさきのスカートの女」を観察する語り手は明らかに彼女にとりつかれている――その思考は、時に正気を失っているかのようなのだ。翻訳を進めるうちに、わたしは語り手と女のあいだに複雑な関係があることに気づかされた。語り手は自身が物語っている話の途上で頻繁に道を見失ってしまう。やがてわたしは、別のことにも気づかされた。語り手のほぼすべての描写に別の意味が隠されているということに。語りを通して感じられる不安定さは、語り手自身の正常とは言いがたい心理状態や限られた洞察力のせいでもあるが、彼女のいる世界が残酷なためでもあるのだ。人々は本心を隠しながら、それでいて本音をちらつかせている。そして、わたしはふと思い至る。この物語は一種のブラックコメディでありながら、言いようのない悲しみをたたえてもいるということに。

語り手は孤独で、ある種の隠遁者のようだ。それでいて、世の中から絶えず除けものにされ、職場の同僚からも無視されている——時おり、自分が存在することすら忘れかけているようにも見える。彼女は自分が排除される身であることを内面化しながら生きてきた。語り手である「黄色いカーディガンの女」が「むらさきのスカートの女」を特別な人間だと考えるのは、他者にとって——それどころか、彼女自身にとっても——「黄色いカーディガンの女」が存在していないからだ。

本作は、アメリカではペンギン・ランダムハウス、イギリスではフェイバー&フェイバーから刊行され、米欧双方で高く評価された。ペンギン・ランダムハウスのホームページには、ベストセラー作家たちの賛辞が並んでいる。推薦文を寄せたのは、オインカン・ブレイスウェイト、[※1]ヒラリー・ライクター、[※2]ポーラ・ホーキンズ、[※3]レイラ・スリマニ、[※4]そしてケリー・リンクといった作家たちだ。[※5]彼女たちの多くも、ほかの女性に執着するようになった女性や働く女性をオフビートなタッチで描いている。たとえばケリー・リンクは「読みやすくユーモアもあるのになぜか背筋も凍る、ウジェーヌ・イヨネスコ[※6]とパトリシア・ハイスミス[※7]のあいだに生まれた」ような作品だと表現している。また、ジャミ・アッテンバーグ[※8]は「読者を引きつける綿密な描写と針金のように張りつめた文体。素早く心臓を刺されたかのような衝撃的な読書体験」とコメントしている。「カーカス・レビュー」や「フィナンシャル・タイムズ」、「アイリッシュ・タイムズ」、「シカゴ・トリビューン」、「VOGUE」、「ELLE」、「NPR」、「ザ・ストレーツ・タイムズ」といった主要メディアや、「アジアン・レビュー・オブ・ブックス」、「メトロポリス」、「ジャパン・ソサエティ・レビュー」といったオンライン雑誌にも作品を高く評価する書評が寄せられている。少なくともふたつのメディアで年間ベストブックに選ばれ、その他多くのメディアで夏の必読書に選出されている。

だがそうした書評と同じだけ関心を持ってわたしが見ているのは、GoodreadsやAmazonに投稿している一般読者からのコメントの数々だ。それらは多くの一般読者の正直な感想を伝えてくれる。

好意的なコメントを寄せた読者たちは、この物語のテーマは孤独であると解釈している。多くがこの作品を「気が滅入る」「不穏」だと感じているようだ。本作を外見への執着についての話——作中でSNSは登場しないが、SNSの流行を反映しているという解釈だ――と捉えた読者もいれば、日本社会の病巣ともいえるいじめやストーカーの話として読んだ人々もいる。フェミニズム的な含意を読み取った読者もいた。本作が、日本の家父長制社会では女性が居場所を得にくいことを指摘しているという読み方だ。女性が劣った存在としてみなされる社会では、女性たちの間にも序列が生まれやすい。他にも、独身で「年を取った（語り手はおそらく三十代だ）」女性の社会的基盤の脆弱さと周縁化を指摘するコメントも散見された。作品で用いられる視点の巧みさを称えるものもあった――この作品の語り手は「信頼できない」。何人かの読者は、語り手が「みずからを語りから排除し」ながら、作中にはしっかり存在している矛盾に魅了されたという。窃視と読書の類似点を指摘する声もあった。もちろん、物語の牽引力を純粋に楽しんだ読者もいた。多くの読者が「何度も声を出して笑った」と書いている。最後のはっとするような「種明かし」について、詳細を伏せながら語っている読者たちもいた。

作品に寄せられた否定的なコメントで特に目立ったものは、わかりやすい結末がなかった、というものだ。「なにが起きたの⁉」「だれかこの結末を解説してくれない？」と。なかには「薄っぺら」だ、「短すぎる」と不満をこぼす読者もいた（だが、短いという感想はほめ言葉ではないだろうか)。不満を抱いた読者たちは「語り手があんなことをする」に至る「理由がわからない」と考えていた。彼らは登場人物と筋書きがめくるめくような展開を見せてくれることを望み、気付きやひらめき、解決などを期待していたのだろう。こうした批判は、日本文学に対してなじみが薄いことにもよるのではないか。日本文学では、胸のすくようなわかりやすい結末が描かれることは、むしろ珍しい。アメリカ版とイギリス版の表紙には、女性の上半身と顔が描かれている(わかりやすい「個性」を備えたキャラクターが登場すると誤解されたのだろうか)。イギリス版の表紙の女性は手鏡を持ち、アメリカ版では眼鏡をかけている。鏡も眼鏡も〝解きあかす〟ことを示唆するものだ。そうした表紙デザイン、そしておそらくは、当初においてはこの作品がミステリーとして紹介されたことで、探偵小説だと勘違いした読者もいたのかもしれない。

そのような読者たちに、わたしは、この作品が子どものゲームをモチーフにしていることを伝えたい。今村の作品にはたびたびゲームが登場する。個人的には、ゲームこそが今村の「世界」では鍵を握っているとも思う。ゲームは楽しいものだ。ゲームをするには、ルールを守りながら、参加者全員が協力し合わなければならない。だが、ゲームはすなわち競争であり、危険を冒し、時には——敢えて言ってしまうが——非情な選択をし、人生と同じように勝者がいれば敗者もいるという事実を受け入れなくてはならない。ゲームにも人生にも、途中から参加する者がいれば抜ける者もいて、捕まる者もいれば、逃げだす者もいる。ゲームが興味深いのは、敗者が勝者になることも、その逆になることもあるからだろう。子どもたちは「むらさきのスカートの女」をゲームの仲間に入れる。はじめは単なる思い付きで。そして彼女はプレイヤーとして、子どものゲームを意外なほど巧みに遊んでみせる——子どもたちをだまし、捕まえることさえする。もしかすると、ある時点から、「むらさきのスカートの女」は語り手をだましていたのではないだろうか。はじめから被害者になりすましていたのだろうか？　だれがだれになりすましていたのか。だれが負け、だれが勝ったのか。物語が終わりを迎えても、語り手はなんら変化していない。空想のなかの友情が現実となる日を待ちつづけ、周縁に置かれたまま、非正規雇用の不安定な暮らしをつづけている。最終的に彼女は、空想のなかで終《つい》の住処《すみか》を見出したかのようにもみえる——現実の家を失いそうになっているのに。もうひとりの女は消えてしまったが、もしかすると——そう、もしかすると——ふたたび現れるのかもしれない。この物語は繰り返される運命にある。終わりがない。それこそがこの作品の核心である。

英語で表現した作品が日本語で書かれた作品と完全に同じものになることはない。わたしは翻訳者として、その事実を認めなくてはならない。原作がすばらしいことは疑いようもないが、わたしは異なる道具——すなわち、日本語ではなく英語——を使って作品を表現した。そしてまた、英語版の本作は異なる言語的背景と文化的背景において読まれることになる。時には、著者が原作で用いた言葉が、自分の翻訳で——心からそう望んだとしても——読者に過不足なく伝わるのだろうかと考えこむこともあった。

たとえば、挨拶について。「挨拶」は英語で"Greetings"と訳されることが多いが、この日本語の単語の定義はもうすこし広く、正式な謝意や励ましの言葉も含む。作中には、ホテルの清掃会社の事務所の所長が「むらさきのスカートの女」に、清掃員としてはきはきと元気よく挨拶できるようにと訓練する場面がある。だが、はたして英語圏の読者は、日本社会では挨拶というものがあらゆる状況で重要だという事実をほんとうに理解できるだろうか——時と場合によっては、挨拶が自己抑制と上下関係の強化という役割さえ担うことをどこまで理解できるだろう。挨拶の言い回しは、表面通りの意味の奥に、相手に何事かを強いる力を秘めている。表現や言い回しとしては簡潔だが、これらは――yoroshiku o-negai shimasu!（よろしくお願いします！）o-tsukare-sama!（おつかれさま！）itte rasshaimase!（いってらっしゃいませ！）arigato gozaimasu!（ありがとうございます！）――あるシステムにおける立場をわきまえる意思があると表明するための社交的言語である。わたしの印象では、作者は一人称で用いられるdaijobu desu（大丈夫です）や、他人を評するときに用いられるshikkari shite iru（しっかりしている）やmajime（真面目）――これらは特に女性に望ましいとされる資質ではないだろうか――のようなごくありふれた言い回しでさえ、自らの言葉遊びの一環として用いているようにも見える。

人間が言葉を支配しているのか、それとも、言葉が人間をとらえているのか。言葉を用いながら、それでいて言葉にとらわれずにいることは可能なのだろうか。わたしは、このこともまた、今村の作品に込められた問いのひとつであるように思う。

（*Lucy North*／『むらさきのスカートの女』英語版翻訳者）

ルーシー・ノース略歴

マレーシア、クアラルンプール生まれ。現在、イギリス南部に居住。ケンブリッジ大学にて修士号、ハーバード大学にて博士号取得。翻訳した主な作家として今村夏子、円地文子、小山田浩子、川上弘美、河野多恵子、高橋たか子、八木詠美など。

編集部注

1 オインカン・ブレイスウェイト＝一九八八年生。ナイジェリアで生まれ、イギリスで育った作家。邦訳刊行書に『マイ・シスター、シリアルキラー』。

2 ヒラリー・ライクター＝ニューヨーク州ブルックリン在住。"TEMPORARY"（邦訳未刊行）が二〇二〇年に主要メディアの年間ベストブックに相次いで選出された。

3 ポーラ・ホーキンズ＝一九七二年生。ジンバブエで生まれ育ち、現在はイギリス在住の作家。邦訳刊行書に『ガール・オン・ザ・トレイン』。

4 レイラ・スリマニ＝一九八一年生。モロッコ生まれ、現在はフランス在住のジャーナリスト、作家。邦訳刊行書に『ヌヌ　完璧なベビーシッター』。

5　ケリー・リンク＝一九六九年生。アメリカの作家、編集者。邦訳刊行書に『スペシャリストの帽子』『マジック・フォー・ビギナーズ』ほか。

6　ウジェーヌ・イヨネスコ＝一九〇九年生。フランスで活躍したルーマニアの劇作家。邦訳刊行書に『授業／犀（ベスト・オブ・イヨネスコ）』ほか。

7　パトリシア・ハイスミス＝一九二一年生。アメリカの作家。『太陽がいっぱい』『水の墓碑銘』などベストセラー多数。

8　ジャミ・アッテンバーグ＝一九七一年生。ルイジアナ州ニューオーリンズ在住。邦訳は未刊行だが、"The Middlerteins" などの著作が十六言語で翻訳されているベストセラー作家。

むらさきのスカートの女《おんな》　朝日文庫

2022年6月30日　第1刷発行
2022年11月20日　第5刷発行

著　者　今《いま》村《むら》夏《なつ》子《こ》

発行者　三宮博信
発行所　朝日新聞出版
〒104-8011　東京都中央区築地5-3-2
電話　03-5541-8832(編集)
03-5540-7793(販売)

印刷製本　大日本印刷株式会社

Published in Japan by Asahi Shimbun Publications Inc.
定価はカバーに表示してあります

ISBN978-4-02-265046-7

今村 夏子
星の子
《野間文芸新人賞受賞作》

病弱だったちひろを救いたい一心で、両親は「あやしい宗教」にのめり込み、少しずつ家族のかたちを歪めていく……。《巻末対談・小川洋子》

小川 洋子
貴婦人Aの蘇生

謎の貴婦人は、果たしてロマノフ王朝の生き残りなのか？ 失われたものの世界を硬質な文体で描く傑作長編小説。《解説・藤森照信》

小川 洋子
ことり
《芸術選奨文部科学大臣賞受賞作》

人間の言葉は話せないが小鳥のさえずりを理解する兄と、兄の言葉を唯一わかる弟。慎み深い兄弟の一生を描く、著者の会心作。《解説・小野正嗣》

恩田 陸
錆びた太陽

立入制限区域を巡回する人型ロボットたちの前に国税庁から派遣されたという謎の女が現れた！ その目的とは？《解説・宮内悠介》

恩田 陸
ネクロポリス（上）（下）

懐かしい故人と再会できる聖地「アナザー・ヒル」に紛れ込んだジュンは連続殺人事件に巻き込まれ、犯人探しをすることに。《解説・萩尾望都》

恩田 陸
EPITAPH東京

刻々と変貌する《東京》を舞台にした戯曲を書きあぐねている筆者Kは、吸血鬼と名乗る男・吉屋と出会う。スピンオフ小説「悪い春」を特別収録。

恩田　陸／序詞・杉本　秀太郎
六月の夜と昼のあわいに
著者を形づくった様々な作品へのオマージュが秘められた作品集。詞と絵にみちびかれ、紡がれる一〇編の小宇宙。

金原　ひとみ
クラウドガール
利那的な美しい妹と規律正しく聡明な姉。姉妹にしか分からない、濃密な共感と狂おしいほどの反感が招く衝撃のラストとは？《解説・綿矢りさ》

河合　隼雄
新装版　おはなしの知恵
桃太郎と家庭内暴力、白雪姫に見る母と娘。「おはなし」に秘められた深い知恵を読み解く、河合隼雄のおはなし論決定版！《解説・小川洋子》

小説トリッパー編集部編
20の短編小説
人気作家二〇人が「二〇」をテーマに短編を競作。現代小説の最前線にいる作家たちのエッセンスが一冊で味わえる、最強のアンソロジー。

小説トリッパー編集部編
25の短編小説
最前線に立つ人気作家二五人が競作。今という時代の空気に想像力を触発され書かれた珠玉の短編二五編。最強の文庫オリジナル・アンソロジー。

津村　記久子
ディス・イズ・ザ・デイ
《サッカー本大賞受賞作》
全国各地のサッカーファン二二人の人生を、二部リーグ最終節の一日を通して温かく繊細に描く。各紙誌大絶賛の連作小説。《解説・星野智幸》

中村 文則
その先の道に消える
アパートの一室で発見されたある〝緊縛師〟の死体。参考人の桐田麻衣子は、刑事・富樫が惹かれていた女性だった――。中村文学の到達点。

西 加奈子
ふくわらい
《河合隼雄物語賞受賞作》
不器用にしか生きられない編集者の鳴木戸定は、自分を包み込む愛すべき世界に気づいていく。第一回河合隼雄物語賞受賞作。《解説・上橋菜穂子》

村田 沙耶香
しろいろの街の、その骨の体温の
《三島由紀夫賞受賞作》
クラスでは目立たない存在の、小学四年と中学二年の結佳を通して、女の子が少女へと変化する時間を丹念に描く、静かな衝撃作。《解説・西加奈子》

村田 沙耶香
私が食べた本
何度も読み直した小説や古典、憧れの作家、そして自身の著書について――。「本」にまつわる事柄を一冊にまとめた書評集。《解説・島本理生》

村田 沙耶香
となりの脳世界
デビューから今までの日常と想像のあれこれを書き綴ったエッセイ集の決定版。一五本を追加収録。読み終えると世界が広がる。《解説・矢部太郎》

綿矢 りさ
私をくいとめて
黒田みつ子、もうすぐ三三歳。「おひとりさま」生活を満喫していたが、あの人が現れ、なぜか気持ちが揺らいでしまう。《解説・金原ひとみ》